로크미디어가
유혹하는
재미있는 세상
ROK
MEDIA
로크미디어

개혁군주

개혁 군주 9

2022년 8월 17일 초판 1쇄 인쇄
2022년 8월 22일 초판 1쇄 발행

지은이 이윤규
발행인 김정수 강준규

기획 이기헌 왕소현 박경무 강민구 조익현
책임편집 최전경
마케팅지원 이원선

발행처 (주)로크미디어
출판등록 2003년 3월 24일
주소 서울시 마포구 성암로 330 DMC첨단산업센터 318호
Tel (02)3273-5135 **편집** 070-7863-8592 **Fax** (02)3273-5134
홈페이지 rokmedia.com **E-mail** rokmedia@empas.com

값 8,000원

ISBN 979-11-354-7376-0 (9권)
ISBN 979-11-354-7367-8 04810 (세트)

ROK
MEDIA
로크미디어
개혁군주
이윤규 대체역사 소설
9
| 파부침주 |

차례

막고 뒤집어라

니콜라이 레자노프는 정신이 없었다.

그는 자신을 나포한 범선이 서양 선박인 줄 알았다. 그런데 막상 나포되고 나니 놀랍게도 조선인들이 범선을 운용하고 있었다.

놀람은 여기서 끝나지 않았다.

러시아 선박을 접수한 분견함대는 병력을 직접 보내 배를 몰았다. 그런 병력은 너무도 능숙하게 러시아 범선을 운용했다.

하루 만에 도착한 지역에는 엄청난 규모의 정착촌이 건설되어 있었다. 더 놀라운 사실은 대단한 규모의 정착촌이 여기뿐이 아니라는 것이었다.

항구와 접한 마을에는 수천 명이 거주하고 있었다. 그런데

만의 건너편 지역에는 이곳보다 훨씬 많은 이만여 명이 거주한다고 했다.

조선의 북미 개척은 순조로웠다.

개척이 시작되고 이년여 만에 이주민은 수만 명으로 늘어났다. 인구의 폭발적인 증가는 본토의 이주민도 많았지만, 바타비아에서 이주하는 노동자의 숫자가 많았기 때문이다.

바타비아의 이주자가 많은 까닭은 화란양행이 적극 이주를 권유하고 있기 때문이다. 뉴올리언스를 경영하게 된 화란양행은 조선의 이주 정책에 적극 협조하고 있었다.

화란양행의 뉴올리언스 경영도 큰 성과를 거두고 있었다. 이 무렵 유럽은 본격적인 나폴레옹전쟁의 소용돌이에 휘말리고 있었다.

화란양행은 그런 유럽으로 여객선을 운용하며 뉴올리언스의 이주를 적극 권장했다. 이러한 정책이 대단한 관심을 끌면서 이주가 폭증하고 있었다.

이러한 이주 정책은 세자의 적극적인 권유가 바탕이었다. 세자는 뉴올리언스를 장차 뉴욕보다 더 큰 도시로 발전시킬 계획을 갖고 있었다.

그래서 이민을 적극 권장했다.

화란양행도 자신들의 미래를 위해 뉴올리언스 발전에 혼신을 다했다. 그런 노력이 맞물리면서 유럽에서는 뉴올리언스로의 이민이 새로운 풍조로 자리매김하고 있었다.

태평양 연안도 마찬가지였다.

상무사와 화란양행이 적극 협조하면서 이주 정책은 큰 성과를 거두고 있었다. 그 바람에 예상을 훌쩍 웃도는 성과를 올리는 중이었다.

포로가 된 니콜라이 레자노프는 취조가 시작되자 바로 신분을 밝혔다. 덕분에 다른 직원과 분리 수용되어 참모장의 취조를 받아야 했다.

그런 뒤 군정장관 허원과 만났다.

허원이 먼저 손을 내밀었다.

"어서 오시오. 나는 조선의 북미군정장관 허원이오."

허원의 당당한 태도에 니콜라이가 움찔했다. 그러다 허원이 내민 손을 잡으며 자신을 소개했다.

"처음 뵙겠습니다. 나는 영광스러운 차르께서 임명하신 주일공사이면서 알래스카와 북미의 독점 개발권을 갖고 있는 러시아-아메리카 회사의 대표인 니콜라이 레자노프입니다."

허원의 눈이 커졌다.

"주일공사라고 했소?"

니콜라이 레자노프가 턱을 높이 들었다.

"그렇습니다. 지난 1804년 사할린섬의 관할 문제와 양국의 통상 교섭을 위해 주일공사의 자격으로 일본의 나가사키를 방문한 적이 있습니다."

허원이 더 놀랐다.

"지금 사할린이라고 했소?"

"그렇습니다, 사할린섬."

허원이 어이없어했다.

"이보시오. 그대들이 일본과 통상 교섭을 하는 건 우리가 알 바가 아니오. 그러나 사할린은 본래부터 만주에 소속된 섬이오. 그런 사할린을 지금은 청국이 강점하고 있지만 수복해야 할 우리 조선의 강역이란 사실이오. 그런 섬의 영유권을 갖고 러시아가 일본과 협상을 하다니요. 무슨 그런 말도 안 되는 일을 하려고 귀국의 군주가 일본에 공사까지 파견했다는 거요."

허원의 강력한 질책에 니콜라이의 얼굴이 붉어졌다. 그러나 그는 당당히 자신의 생각을 밝혔다.

"조선이 무슨 근거로 그런 주장을 하는지는 모릅니다. 하지만 우리가 사할린을 찾았을 때는 소수의 원주민만 살고 있는 섬이었습니다. 다시 말해 임자 없는 섬이란 말이지요."

허원이 손을 내저었다.

"그 이야기는 그만합니다. 어차피 조만간에 확실하게 정리가 될 일을 구태여 지금 따질 필요는 없어요. 그보다 러시아-아메리카 회사에 대해 묻고 싶은 게 있소."

항변하다 중단된 니콜라이는 순간 모멸감을 느꼈다. 그러나 포로의 입장에서 사할린 문제를 재차 거론할 수도 없었다.

"말씀해 보시오."

“그대가 러시아 황제로부터 받은 독점 권리가 몇 년이지요?”
“20년입니다.”
“그러면 아직 꽤 시간이 남았겠소?”
“그렇습니다. 독점 권리가 1801년부터 공식 발효되어서 아직은 상당한 기간이 남아 있습니다.”
“지금의 상황으로 봐서 그 후에도 연장될 가능성이 큰데, 맞소?”
“……아마도 그럴 겁니다. 그런데 왜 그 문제를 그대가 거론하는 겁니까?”
허원이 싱긋이 웃었다.
“당연히 관심이 있어서겠지요. 그보다 그대들의 본거지가 섬에 있다고 하던데, 맞소?”
“그렇습니다.”
“그대들의 본거지에 남아 있는 사람들은 모두 얼마나 되지요?”
니콜라이가 와락 인상을 썼다.
“그건 왜 묻는 겁니까?”
허원이 니콜라이를 똑바로 바라봤다.
“싫으면 말을 해 주지 않아도 되오. 그러나 그대가 말을 하지 않으면 요새에 남아 있는 사람들이 힘들어질 거라는 점을 알아 두시오.”
니콜라이가 버럭 화를 냈다.
“지금 협박을 하는 거요? 요새에는 많은 병력이 남아 있소이다. 더구나 성벽은 높고 두꺼워서 그대들이 아무리 우수한 전력을 보유하고 있다고 해도 결코 쉽게 공략하지 못할 거요."

허원이 어이없어했다.

"이보시오, 니콜라이 대표. 그런 식의 공갈이 나에게 통할 거라고 생각하시오? 그대들이 캄차카로 보낸 선박이 왜 돌아오지 않는지를 아직도 짐작하지 못하고 있는 거요?"

니콜라이의 안색이 해쓱해졌다.

"그 말의 뜻은, 그대들이 우리 회사 선박을 침몰시켰단 말입니까?"

허원이 대답 대신 말을 돌렸다.

"우리가 왜 그대들이 내려오기를 기다리고 있었다고 생각하시오?"

니콜라이의 눈이 커졌다.

"우리가 내려오기를 기다렸다고요?"

"그렇소이다. 본래는 그대들의 요새를 공격하라는 명령을 받았소. 그러나 나는 그렇게 하지 않고 그대들이 나올 때까지 기다리고 있었소. 그대들이 나오면 지금처럼 나포하려고요. 왜 내가 이런 식으로 행동할 수 있었는지 모르겠소?"

니콜라이는 잠시 어리둥절했다. 그러던 그가 갑자기 머리를 움켜쥐며 탄성을 터트렸다.

"아아! 그랬구나. 우리 회사 선박을 그대들이 침몰시켰구나. 그래서 병력이 없다는 사실을 알고는 자신만만하게 우리가 나오기를 기다리고 있었어.”

허원이 냉정한 태도를 보였다.

“그렇소. 이곳은 러시아에서 아득히 먼 지역이오. 그래서 그대들이 몇 년 전부터 요새를 운용했다고 해 봐야 인구가 얼마 되지 않는다는 정도는 짐작하고도 남소이다. 그러니 방금과 같이 쓸데없는 말을 하지 않는 게 좋소.”

니콜라이가 이를 갈았다.

“으으! 그렇게 잘 알고 있으면서 왜 남은 사람이 얼마인지 묻는 거요?”

“솔직히 말을 할까요?”

“좋습니다.”

“정말 남은 병력이 많다면 대규모 병력을 보내 초토화하려는 거요. 그러지 않고 예상대로 병력이 얼마 없다면 그대와 협상해서 일을 쉽게 마무리하려는 생각을 갖고 있소.”

니콜라이가 멈칫했다.

“어떻게 마무리한단 말입니까?”

허원이 처음으로 돌아갔다.

“자! 다시 한번 질문합니다. 요새에 얼마나 많은 병력이 남아 있소?”

니콜라이가 고심하다 대답했다.

“……솔직히 얼마 남아 있지 않습니다.”

“그게 얼마냐고 질문하잖아요.”

"……직원은 열 명이 조금 넘습니다. 나머지는 전부 부녀자와 아이들이고, 우리 일을 도와주는 원주민 십여 명 정도가 있습니다."

허원이 추궁했다.

"시베리아에서는 원주민들을 노예처럼 부리는 경우도 있다고 들었소이다. 혹시 여기서도 그런 짓을 자행하고 있는 건 아니겠지요?"

니콜라이가 펄쩍 뛰었다.

"우리는 절대 그렇게 하지 않습니다. 우리는 비록 적은 금액이지만 정당하게 임금을 주고 그들을 부리고 있습니다. 그들이 잡아 온 모피도 마찬가지로 값을 쳐서 매입을 하고 있고요."

"좋아요. 그대가 그렇다니 믿어 주지요. 그대는 배에 함께 탄 직원과 요새에 남은 사람들을 살리고 싶겠지요?"

"물론입니다."

"그러면 선택을 하시오. 저항하지 않고 요새를 우리에게 넘겨주든가. 아니면 협조를 하지 않아서 우리가 요새를 공격하게 만들든가 말이오."

니콜라이의 얼굴이 와락 구겨졌다.

"지금 그걸 나보고 선택하라고 하는 것이오?"

허원이 눈을 치켜떴다.

"그렇소. 그게 내가 그대에게 베풀어 줄 수 있는 최선이

오. 그런 배려가 싫다면 어쩔 수 없이 우리는 악마가 될 수밖에 없소이다."

악마라는 말에 니콜라이가 눈을 질끈 감았다. 그런 그의 머릿속에는 참혹하게 몰살되는 직원과 험한 꼴을 당해야 하는 직원 가족들의 모습이 주르륵 지나갔다.

그는 한동안 입을 열지 않았다.

"……협조를 해 주면 우리를 살려 주는 건 확실합니까?"

"약속하지요. 허나 그대들의 본국으로 돌아갈 수는 없소이다."

니콜라이가 눈을 떴다.

"그러면 우리를 어떻게 한단 말입니까? 혹시 우리를 죄수로 평생 살게 하려는 생각입니까?"

허원이 고개를 저었다.

"협조를 했는데 그렇게 할 수는 없지요."

"그러면 어디로 가야 한단 말입니까?"

"그대들은 이곳보다 훨씬 남쪽으로 내려가서 살게 될 거요. 그곳은 비록 섬이지만 땅이 제법 넓어 그대들이 안착해서 사는 데에는 전혀 지장이 없을 거요."

니콜라이의 안색이 어두워졌다.

"섬에서 늙어 죽으라는 말이군요."

"너무 걱정하지 마시오. 비록 섬이지만 척박하고 추운 알래스카보다 훨씬 살기 좋은 지역이오. 아울러 물산도 풍부하고요.”

갈등하던 니콜라이가 결정했다.

“……후! 알겠습니다. 그렇게 하겠습니다.”

니콜라이가 결심하자 일은 빠르게 진행되었다. 분견함대는 니콜라이를 태우고 싯카로 올라갔다.

그리고 십여 일 만에 요새에 살고 있는 모든 러시아 주민들을 데리고 내려왔다. 이들은 며칠 동안 개척지에 머물면서 알래스카에 대한 각종 지식과 업무를 인수인계해 주었다. 그러고는 분견함대의 함정 2척에 나눠 타고는 남쪽으로 내려갔다.

이들을 배웅한 허원은 북방여단의 일부 병력을 싯카로 올려보내 요새 방어와 원주민과의 거래를 지속하게 했다. 그리고 자신이 직접 본국으로 넘어갔다.

허원은 하와이를 거쳐 본국에 도착했다. 그런 그는 집에도 들르지 않고 바로 입궐했다.

허원을 본 세자는 깜짝 놀랐다.

“아니, 허 장관이 갑자기 무슨 일입니까? 혹시 개척지에 무슨 문제라도 생긴 것입니까?”

“아닙니다. 알래스카 문제를 보고하기 위해 직접 들어왔사옵니다.”

알래스카란 말에 세자가 더 놀랐다.

“알래스카에 무슨 문제라도 발생한 겁니까?”

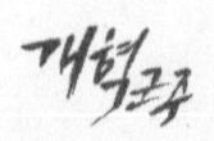

"문제라면 문제입니다."

허원이 서류 뭉치를 내밀었다.

"이번에 러시아-아메리카 회사 대표와 체결한 계약 문서이옵니다."

"무엇이라고요?"

세자가 급히 서류를 펼쳤다. 서류는 러시아어와 한국어로 작성되어 있었다.

세자가 서류를 읽다 놀라 허원을 바라봤다.

"이게 무슨 말입니까? 러시아-아메리카 회사가 자신들이 보유한 알래스카와 북미 독점 개발권을 상무사에게 양도하다니요?"

허원이 사정을 설명했다.

"……그래서 본래는 태평양함대 사령관이신 오형인 제독께서는 러시아-아메리카 회사의 범선을 수장시키라는 명을 내리셨습니다. 그러고 나서 그들의 요새도 완전히 정리하라고 하셨고요."

"그런 지시를 내렸다는 보고를 받았습니다."

"저도 처음에는 그렇게 하려고 했습니다. 그러다 저하께서 바라는 바가 알래스카 병합이란 점을 떠올리게 되었습니다. 그러면서 병합을 하는 데 있어서 저들을 정리하는 것만이 능사가 아니라는 생각을 하게 되었습니다."

세자가 큰 관심을 보였다

"흐음! 그래요?"

"저하께서는 알래스카를 우리의 강역으로 만들고 싶어 하십니다. 그러기 위해 북방을 교란하면서 러시아를 자극하고 있고요. 그래서 저는 러시아-아메리카 회사를 무작정 없애는 것보다, 거꾸로 적극적으로 활용하는 게 오히려 도움이 될 거라는 생각을 했습니다."

허원이 자신의 생각을 설명했다.

세자는 설명을 들으면서 심각하게 고민했다.

그러다 적극 동조했다.

"잘하셨습니다. 대외적인 상황이 발생한다면 그들에게서 사업권을 양도받았다는 명분도 충분히 쓸모가 있을 거 같네요. 그런데 그들이 독점사업권을 상무사로 양보하는 게 가능하기는 한가요?"

군정장관 허원이 제출한 서류에서 러시아 황제가 발행한 면허장을 찾아냈다.

"저도 혹시나 해서 저들의 면허장을 상세히 검토하게 했습니다. 다행히도 독점사업권을 양도하면 안 된다는 규정은 어디에도 없다는 점을 발견하게 되었습니다."

세자가 상황을 이해했다.

"러시아 정부가 실수를 했네요."

"맞습니다. 아마도 러시아-아메리카 회사가 자신들의 목숨 줄이나 다름없는 독점사업권을 양도할 거라고는 생각을 하지 않은 듯합니다. 그래서 면허장의 어디에도 그에 관한 언급이 없었습니다."

세자가 고개를 끄덕였다.

"어쨌든 알래스카로의 진출이 필요한 우리에게는 더없이 좋은 기회네요."

"그러하옵니다. 러시아-아메리카 회사에게서 정식으로 권리를 넘겨받았으니 상무사가 진출해도 별문제가 되지 않을 것이옵니다."

"문제로 삼으려면 삼을 수도 있겠지요?"

"하하! 맞습니다. 하지만 대외 관계에서 종종 눈 가리고 아웅 하는 명분도 분명 쓸데가 있을 것입니다."

세자가 적극 동조했다.

"옳은 말씀입니다. 상무사에 일러 적극적인 진출을 모색하라 이르겠습니다."

"감사합니다."

"그나저나 대단하십니다. 어떻게 러시아-아메리카 회사에게서 독점사업권을 넘겨받을 생각을 하신 겁니까?"

"소장이 조사한 바에 따르면 서양에서는 협약이나 계약을 중시한다고 합니다. 그래서 저들이 갖고 있는 독점권을 넘겨받는다면 나중에라도 큰 도움이 될 거라는 생각을 하게 되었습니다. 물론 형식적인 문제지만 외교에서는 그조차도 큰 자산이 될 수 있지 않겠습니까?"

세자의 눈이 커졌다.

“놀랍군요. 허 장관께서는 북미로 가기 전까지 서양과 접촉한 적이 없었던 것으로 아는데요.”

허원이 싱긋이 웃었다.

“예, 맞습니다.”

“그런데도 서양인에 대한 성향을 잘 알고 있습니다. 어떻게 된 일이지요?”

허원이 차분히 설명했다

“북방 개척을 시작하고 얼마 지나지 않아 조사단을 구성했습니다. 조사단 구성의 목적은 뉴올리언스로 가는 통로를 만들고 험준한 로키산맥과 그 주변을 정찰하기 위해서였고요.”

세자도 보고를 받은 사안이었다.

“조사단이 적극적으로 활동하고 있다는 보고를 받았습니다.”

“예. 모두 열 개로 구성된 조사단은 반년 동안 실로 방대한 자료를 모아 왔습니다. 그런 성과를 보고하면서 저는 계속해서 조사단을 보냈고요. 조사단은 루이지애나를 조사하는 과정에 뉴올리언스에 들르고는 합니다. 그런데 우리 조사단이 처음 뉴올리언스에 도착했을 때는 도시가 들썩일 정도로 큰 화제를 불러일으켰다고 합니다.”

“동양인이 내륙으로 넘어온 경우는 처음이어서 그랬겠지요.”

“맞습니다. 화란양행과 같이 넘어갔던 본국의 통조림 공장 기술자들도 처음에는 큰 관심을 보였다고 합니다. 그러나 우리 조사단은 그보다 훨씬 더 많은 관심을 보였다고 했습니다."

"문제는 없었지요?"

"예. 다행히 태극기를 앞세웠기 때문에 불필요한 마찰은 없었습니다."

"아! 잘하셨습니다."

"그런 우리 조사단이 뉴올리언스에서 서양인의 성향에 대해 조사를 했습니다."

"그래요?"

"서양인들은 유색인종에 대한 인종차별이 의외로 심하다고 합니다. 그래서 태극기를 앞세웠다고 해도 우리를 좋게 보지 않았고요. 그런데 다행히도 아무 일도 일어나지 않았다고 합니다. 적의에 가득 찬 눈길로 바라보기는 했지만요."

"화란양행이 그렇게 되도록 철저하게 통제를 잘했다는 의미군요."

"그렇습니다. 그리고 통조림 공장을 설립한 상무사 기술자들의 공도 지대했습니다."

"그랬겠지요. 자신들도 보유하지 못한 통조림 공장을 척척 세우는 것을 보면서 놀랐겠지요."

허원이 적극 동조했다.

"정확한 지적이옵니다. 서양에 없는 통조림 공장입니다. 그런 공장에서 통조림이 쏟아져 나오니 뉴올리언스 주민들은 그 효용성에 놀랐을 겁니다. 그러면서 동양인이 미개하다는 생각을 바꿀 수밖에 없었을 것이고요. 물론 그렇다고 해서 동양인을 천시하는 의식 구조가 하루아침에 바뀐 것은 아니겠지만 시간이 지나면 완전히 달라질 겁니다."

"무슨 일이 있었던가요?"

"별다른 일은 없었고요. 우리 조사단이 순서를 바꿔 가며 매달 한두 차례 뉴올리언스를 방문했습니다. 그런데 우리 조사단의 방문이 이어지는 모습을 보면서 주민들이 우리 군사력에 대해 다시 생각하는 계기가 되었다고 합니다. 그리고 화란양행에 보급된 신형 수석소총과 종이탄약도 그들의 생각을 바꾸는 데 지대한 영향을 끼쳤을 것이고요. 그 모두가 서양에는 없는 화기이니까요."

세자도 인정했다.

"그랬을 겁니다. 서양인들은 의외로 무력에 의지하는 경향이 높습니다. 그런 그들에게 앞선 화기는 동경의 대상이기도 하지요."

"그렇다고 합니다. 그들이 보유한 수석소총은 대부분이 구식이라고 합니다. 그래서 우리의 신형 수석소총을 구매할 방법이 없는지 물어 오는 사람들이 많다고 했습니다. 그렇게 화기나 통조림과 같은 선진 기술을 보유한 우리에 대한 인식이 바뀌는 건 당연한 일입니다."

"그렇겠지요."

"어쨌든, 우리 조사단이 수시로 뉴올리언스를 방문하면서 많은 부분이 달라졌다고 합니다. 주민들과의 장벽도 차츰 허물어졌고, 그러면서 그들과 어울리는 일도 잦아졌다고 합니다."

"융화가 된다는 말이군요."

"그렇사옵니다. 그것도 우리가 주도하면서요."

"고무적인 현상이네요. 뉴올리언스가 자유무역항이라고 해도 우리 땅입니다. 언젠가는 우리가 직접 통치를 해야 하고요. 그런 뉴올리언스의 주민들이 우리와 잘 화합한다면 그만큼 좋은 일이지요."

"예. 그래서 저도 조사단을 파견할 때마다 일부러 더 자주 어울리라고 했습니다. 그러면서 그들에 대한 성향도 파악하라고 했고요."

"잘하셨습니다."

허원이 본론으로 돌아갔다.

"조사단이 뉴올리언스주민들과 어울리면서 파악한 바에 따르면 서양인은 계약을 중시한다고 했습니다. 협상을 할 때도 철저하게 내용을 파악한 뒤 날인을 하고요. 그리고 일단 체결한 계약은 지키려고 노력한다고 했습니다."

"흐음!"

"조사단이 뉴올리언스를 다녀올 때마다 비슷한 보고를 했습니다. 보고를 받아서 아시겠지만, 뉴올리언스에는 서양 여러 나라에서 이주민이 들어와 있습니다."

"그렇다는 보고는 받았습니다."

"그런 뉴올리언스 주민들의 성향이라면 그것이 서양인의 보통 생각이란 판단을 했습니다."

세자가 크게 고개를 끄덕였다.

"그랬군요. 그런 조사 결과를 바탕으로 러시아-아메리카 회사의 독점권을 양도받을 생각을 했군요."

"예, 그렇습니다. 압박에 의한 양도라고 해도 양도받은 사실은 없어지지 않습니다. 그리고 러시아-아메리카 회사 직원들은 태평양의 섬으로 이주를 시켜서 외부와의 접촉을 차단해 두어서, 나중에라도 문제가 될 일도 없어졌습니다."

"뒤처리까지 깔끔하게 하셨네요."

"예. 솔직히 계약을 마치고 그들을 모조리 수장시킬 생각도 했습니다. 그러나 부녀자들이 포함된 그들을 그렇게 하고 싶지는 않았습니다."

"잘하셨어요. 국익을 위한다고 해도 내키지 않은 일을 해서 평생 마음의 짐을 가질 필요는 없어요."

"그 부분에 대해서는 송구합니다. 그래서 오는 길에 태평양함대에 들러 오 제독님께 상황을 설명하고 사죄를 드렸습니다."

"오 제독은 뭐라고 하던가요?"

"저하와 똑같은 말씀을 하셨습니다."

"역시 오 제독도 지난번 러시아함대를 수장시킨 일이 마음에 많이 남았나 보군요."

"예. 제가 봐도 많이 초췌해 보였습니다. 무장상선이지만 그래도 민간 선박이었으니 말입니다."

"그 문제는 이 정도로 끝내지요. 그리고 북미 개척 상황을 직접 들어 보고 싶군요."

"설명드리겠습니다."

허원의 설명은 한동안 이어졌다.

북미와 본토는 정기 여객선이 운항되고 있었다. 그리고 이주민을 수송하는 선단도 매월 왕복을 하고 있어서 현지 소식을 늘 접하고 있었다. 그럼에도 허원에게 직접 들으니 더 생생했다.

보고의 말미에 세자가 질문했다.

"캘리포니아를 통치하고 있는 스페인과의 접촉은 없었습니까?"

허원이 고개를 저었다.

"직접 접촉은 지금까지 한 번도 없었습니다. 그 대신 수시로 병력을 파견해 그들이 세운 거점 요새를 관찰하고 있기는 합니다."

"요새 규모가 어느 정도 되던가요?"

"놀랍게도 우리보다 훨씬 적었습니다. 저희가 파악한 정보로는 하나의 요새당 대개 이백 명 내외가 거주하고 있을 정도입니다. 그중 크다고 하는 샌디에이고 요새가 삼사백 명 정도이고요."

세자가 놀랐다.

"아니, 스페인이 북미에 진출한 지가 이백 년이 넘었습니다. 그런데도 거점 요새가 겨우 그 정도 인구밖에 없다고요?"

"확실합니다."

"이해가 되지 않네요. 캘리포니아는 양질의 토양을 갖고 있는데 어떻게 그렇게 적은 사람이 이주해 있다는 거지요?"

"그건 원주민이 적어서일 겁니다. 캘리포니아에는 원주민도 별로 많지 않습니다. 그래서 개척을 하려면 우리처럼 사람이 이주해서 마을을 형성해야 하는 문제가 있습니다."

세자가 알아들었다.

"사람들을 이주시키는 게 쉽지 않다는 거로군요."

"예. 그들이 장악한 지역도 지천으로 널린 게 땅입니다. 그런 상황에서 캘리포니아까지 사람을 올려보낼 필요가 없었을 겁니다. 그러다 보니 지금까지 거의 버려두고 있었던 것이고요. 샌디에이고 요새도 인구가 많은 까닭은 거기에 선교소가 있기 때문이라고 합니다."

"아! 중남미나 남미에서는 원주민을 착취할 수 있지만, 캘리포니아는 원주민이 적어서 그렇게 할 수가 없다는 말이군요."

"그런 것으로 파악됩니다."

"그렇겠네요. 러시아나 영국은 모피를 얻기 위해 넓은 땅이 필요하지만, 스페인은 그럴 필요가 없지요."

"맞습니다. 그런데 그런 숫자도 이전보다 늘어나고 있다는 보고입니다. 스페인도 차츰 캘리포니아에 대한 생각을 바꾸고 있다는 의미이지요. 그래서 우리의 계획을 실현하기 위해서는 지금 그 맥을 끊어야 한다고 생각합니다."

세자의 표정이 심각해졌다.

"그렇게 하려면 스페인과 맞싸워야 하는데……. 협상하기에는 아직 쉽지 않은 상황이고요."

"저하! 단순하게 생각하시옵소서."

"단순하게라니, 어떻게 말입니까?"

"모든 일을 협상으로 풀 수만은 없습니다. 필요하면 무력도 과감히 사용해야 합니다."

"으음"

"스페인은 신대륙의 식민지를 포기하지 않으려 할 겁니다. 그게 아무리 효용 가치가 적은 캘리포니아라고 해도 말입니다."

세자도 이 부분은 동조했다.

"그러겠지요. 스페인은 이제 이류 국가로 전락하고 있습니다. 그런 스페인이 갖고 있는 최후의 보루가 식민지여서 어느 지역도 쉽게 포기하기가 어렵지요."

"그렇다고 그들이 모든 지역을 끝까지 장악할 수는 없을 겁니다."

"그 지적은 맞습니다. 식민지는 일종의 사상누각이나 마찬가지지요. 아주 단단한 듯 보여도 한번 빈틈이 보이면 순간적으로 무너질 수 있지요."

"맞습니다. 그래서 드리는 말씀인데, 북미 개척을 막고 뒤집는 작전을 병행했으면 하옵니다."

세자가 어리둥절했다.

"막고 뒤집는 작전이라고요?"

"예. 우선은 캘리포니아로 넘어오는 스페인 선교사들의 활동을 무조건 차단해야 합니다. 그리고 멕시코 지역의 독립 움직임을 적절히 활용해 지금 상황을 완전히 뒤집을 필요가 있다고 생각합니다."

허원이 새로운 서류 하나를 바쳤다.

"이 서류는 소장이 캘리포니아 지역에 대한 공략 작전을 나름대로 기획해 본 내용입니다. 저하께서 검토해 봐주십시오."

세자는 내심 놀랐다.

'이 사람, 대단하구나. 지금까지 이런 식으로 제안을 해 온 사람이 아무도 없었다. 그런데 처음으로 허 장관이 공략 작전을 입안해 왔구나.'

이런 생각을 하며 서류를 넘기던 세자가 첫 장부터 손을 멈췄다.

"선교소를 파괴하고 선교사의 진출을 무조건 막아야 한다고요?"

"그러하옵니다. 스페인은 종교를 앞세워 원주민을 압박합니다. 그들은 선교사를 앞세워 선교소를 건설하고 거기서부터 개척지를 만들어 나갑니다."

"그게 전형적인 서양의 식민지 공략 방식입니다."

"아! 그렇습니까?"

"예, 거의 대부분의 서양 제국은 그런 방식으로 원주민에게 접근합니다. 그들은 종교로 원주민을 먼저 강제합니다. 그러고는 그것을 이용해 식민지를 건설해 나가지요."

허원이 씁쓸한 표정을 지었다.

"그래서 북미 원주민들이 그렇게 선교소와 선교사를 싫어하는군요."

"예. 어느 지역이든 선교사들에게 원주민은 개종시켜야 하는 미개한 존재에 불과합니다. 그래서 선교를 가장한 폭력도 정당화하고 있고요."

허원이 고개를 저었다.

"북미도 마찬가지입니다. 스페인 선교소도 만들어지면 주변 원주민에게 개종을 강요한답니다. 그런 개종을 받아들이지 않으면 갖은 핍박을 다 하고요. 그래서 원주민들이 선교사를 아주 싫어합니다. 저는 이런 원주민들의 심리를 최대한 활용해야 한다고 생각합니다."

"여기서 보면 원주민들과 합동으로 그 일을 추진하겠다고 나와 있습니다. 그런데 원주민들이 그런 일을 호응하겠습니까?"

"우리가 개척하고 있는 주변의 원주민들은 너무 순박합니다. 그러나 캘리포니아 남부로 내려가면 백인에 대해 아주 적대적인 부족이 있다고 합니다. 저는 이들을 카자크와 마찬가지로 용병으로 활용했으면 합니다.”

세자가 우려했다.

“그런 부족을 잘못 고용했다가 오히려 문제가 되지 않겠습니까?”

허원이 어리둥절한 표정을 지었다.

“북미 원주민들은 우리에게 호의적입니다. 그런 원주민들을 용병으로 고용하는 게 문제가 될 경우는 거의 없습니다.”

“그들이 백인에게 적대적이라는 건 자신들 영토를 침략한 데 따른 반발일 겁니다. 그런 그들에게는 우리도 침략자 중 하나일 터인데, 우리에게 호의를 보일까요?”

허원이 장담했다.

“그렇지 않습니다. 우리는 저하께서 지시하신 방침대로 원주민과의 공생을 추구합니다. 앞으로는 그들과 영토 문제로 부딪치는 경우도 있겠지요. 그러나 그런 경우가 생기더라도 스페인처럼 무력을 앞세우지는 않을 겁니다. 어렵더라도 대화를 앞세워 그들과의 벽을 줄여 나갈 겁니다. 지금까지 우리는 그동안 원주민들과 단 한 차례도 무력 충돌을 빚은 적이 없습니다. 조사단도 마찬가지고요.”

세자가 놀랐다.

“무력 충돌이 한 번도 없었다고요? 원주민들이 그렇게 호의적이란 말씀인가요?”

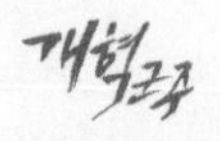

"그렇습니다. 원주민들은 절대 어리석지 않습니다. 단지 입고 있는 옷이 다르고 풍습이 우리와 다를 뿐이지요. 우리가 다름을 인정하니 그들이 오히려 더 쉽게 접근해 왔습니다. 원주민 부족끼리는 다소의 차이는 있지만 교류를 하고 있었습니다. 그래서 우리의 공생 정책이 원주민들에게 알려지면서 멀리에서도 생필품을 교환하러 오고 있습니다."

"그렇다는 보고는 받았습니다. 좋은 현상이기도 하고요. 그런데 원주민을 너무 믿는 건 문제가 되지 않을까요?"

허원이 몸을 숙였다.

"저하! 원주민들은 결코 어리석지 않습니다. 그들이 우리보다 지식이 부족한 건 맞습니다. 그러나 지혜까지 부족한 건 절대 아닙니다."

세자의 머릿속이 번쩍했다.

"아! 맞습니다."

"그래서 그들을 인격적으로 대하면 그들도 우리를 절대 적대시하지 않습니다. 그러나 백인들은 다릅니다. 그들은 우리와는 전혀 다른 정책을 취하고 있사옵니다. 소장이 조사한 바로는 미국은 몇 번이고 원주민과의 약속을 어겼다고 합니다. 스페인 사람들도 마찬가지고요. 그래서 대부분의 원주민은 백인들에 대해 지독한 불신을 갖고 있습니다. 그러나 우리는 다릅니다."

세자가 대신 대답했다.

"공생을 위해서는 그들의 삶을 이해해 주어야지요. 그리고 되도록 그들의 터전을 빼앗지 말아야 하고요. 설령 그래야 하는 일이 생기더라도 최대한 협의해서 일을 풀어 가야 하고요."

허원이 적극 동조했다.

"맞는 말씀입니다. 저하께서 세워 주신 그런 원칙을 유지한다면 우리는 반드시 원주민과 공생할 수 있사옵니다. 그들은 우리보다 북미에 대해 더 잘 알고 있습니다. 자신들이 어떤 행보를 취해야 잘살 수 있다는 것도 알고 있고요. 장차 북미의 거대한 영토를 장악해야 할 우리가 그런 원주민들을 홀대할 이유가 전혀 없습니다."

세자가 자책했다.

'맞다. 내가 원주민들에 대해 선입견이 있었던 거 같아. 내가 아는 북미 원주민의 지식은 과거 미국이나 서양인의 시각일 뿐이다. 그래서 나도 북미 원주민을 부정적인 시각으로 바라봤을 수가 있어.'

이런 자각을 하게 되니 갑자기 머릿속이 환해졌다.

허원은 잠깐 사이 세자의 안색이 몇 번 바뀌는 걸 보며 자신도 모르게 긴장했다.

그러나 세자의 대답은 달랐다.

"허 장관의 말씀이 맞아요. 내가 너무 원주민에 대해 부정적인 생각을 갖고 있었던 거 같네요."

허원의 얼굴이 환해졌다.

"황감하옵니다. 하오면 원주민들을 용병으로 선발하는 문제는 어떻게 처리하면 되겠습니까?"

세자가 잠깐 생각했다.

"기왕 그들을 용병으로 선발하려면 믿음까지 얻어 주도록 하세요."

"어떻게 말입니까?"

"카자크들과 같은 신형 수석소총을 그들에게 지급해 주세요. 그러기 위해서는 우리를 적대하지 않는다는 맹세는 받아야 할 것이고요. 그리고 작전이 벌어졌을 때는 군수물자도 지급해 주시고요."

허원이 반색을 했다.

"그렇게 하면 진심으로 우리를 따를 겁니다."

"북미는 땅이 넓어요. 그러니 앞으로 개척이 진행되더라도 그들과 최대한 공생하면서 일을 진행하세요. 특히 우리말과 글을 가르치는 작업은 모든 일에 우선해야 하고요."

허원이 놀라운 말을 했다.

"성려 마십시오. 바타비아 원주민들도 그렇지만, 우리와 교류하는 북미 원주민들도 가장 먼저 우리말과 글을 가르칩니다. 그런데 놀랍게 북미 원주민들의 말이 우리말과 어순이 같습니다. 그래서인지 우리말을 너무도 쉽게 배웁니다."

"오! 그래요?"

"예. 더 놀라운 점은 그들의 말 중에 우리말과 비슷한 단어도 꽤 많다는 겁니다. 그래서 그 문제는 언어학자들의 심도 있는 조사가 필요할 것으로 보입니다."

세자가 즉석에서 승인했다.

"알겠습니다. 대학에다 언어학자를 북미에 파견하도록 요청하겠습니다. 그런데 대학이 개교한 지 얼마 안 되니 어느 정도의 시간이 필요할 겁니다."

"알겠사옵니다."

세자가 주제를 바꿨다.

"멕시코 지역에 독립 움직임이 있습니까? 지금까지는 그런 보고가 없었잖아요?"

"저희도 지금까지 잘 몰랐던 사실입니다. 그런 사실을 알게 된 것은 조사단이 원주민을 통해 알게 되었습니다."

"원주민을 통해서요?"

"그러하옵니다. 캘리포니아 남부에 사는 원주민 중 일부는 멕시코 지역 주민과 교류를 많이 하고 있었습니다. 그런 원주민들의 말에 따르면 독립의 움직임은 오래전부터 있었다고 했습니다."

"그런데 그런 사실이 어떻게 외부로 알려지지 않았던 것이지요?"

"스페인이 철저하게 탄압을 해서 그렇다고 합니다. 그리고 지금까지는 독립 움직임이 여러 갈래로 나뉘어 있어서 강력한 저항을 못 하고 있는 상황이고요."

"산발적인 저항에 그쳐서 그렇다는 말이군요."

"그렇사옵니다. 그런데 강력한 두 세력이 독립을 반대하고 있다고 합니다. 하나는 스페인의 귀족들로 '페닌술라르 Peninsular'라고 부른다고 합니다."

"스페인이 이베리아반도에 있으니 반도 출신이란 의미로 그렇게 부르나 보군요."

"그렇사옵니다. 그리고 다른 한 부류는 원주민 중에 과거 마야 제국의 지배를 받던 유카탄반도 일대의 부족입니다."

세자가 어리둥절했다.

"원주민도 독립을 반대한다고요?"

"유카탄반도의 원주민들은 마야 제국 당시 인신 공양을 당해 왔다고 합니다. 그 바람에 늘 죽음의 공포에 떨며 살아야 했고요. 그러다 스페인의 침략으로 마야 제국이 멸망하면서 두려움에서 해방되었다고 합니다. 그래서 그 부족들은 독립되면 다시 과거로 돌아갈 것을 두려워해 반대가 심하다고 합니다. 이런 두 부류를 제외한 나머지는 전부 독립에 찬성한다고 하고요."

"그러면 이제부터 독립을 적극적으로 시도해도 되겠네요."

"그렇습니다. 지금까지 독립 움직임이 약했던 건 스페인이 강해서가 아니라 독립 세력이 분산되어서 그런 거니까요."

세자가 고심했다.

"그렇다면 군권을 쥐고 있는 장군들을 우선적으로 포섭해야겠네요."

"바로 그것입니다. 병력을 장악하고 있는 장군들에게 독립 자금을 지원해 주는 겁니다. 그러고는 그 대가로 캘리포니아 지역을 넘겨받는 교섭을 한다면 의외의 성과를 얻을 수 있습니다. 아니면 멕시코의 독립 움직임이 활발한 때를 이용해 스페인과 영토 할양 협상을 해도 좋고요."

세자가 놀랐다.

"허어! 허 장관께서 거기까지 생각하신 겁니까?"

허원이 당당히 소신을 밝혔다.

"멕시코가 독립을 하고 안 하고는 중요하지 않습니다. 소장은 오직 우리의 국익을 위해 어떻게 하면 캘리포니아 지역을 넘겨받을 수 있는지를 연구하다 보니 이런 생각을 하게 된 것입니다."

세자가 치하했다.

"대단하십니다. 허 장관 같은 분만 있으면 내가 그리는 세상이 한결 빨리 올 거 같습니다."

허원이 몸을 숙였다.

"황감하옵니다."

세자가 평가했다.

"이번의 보고와 제안은 북미 개척에 큰 도움이 될 것입니다. 할 수만 있다면 더 많은 조사단을 파견해 다양한 정보를 입수해 주셨으면 좋겠네요. 앞으로도 지금처럼 열정을 갖고 개척 업무에 적극 임해 주시기 바랍니다."

허원이 다짐했다.

"알겠습니다. 최대한 노력해서 언제라도 저하께서 루이지애나와 캘리포니아 지역에 대한 정보를 한눈에 확인할 수 있는 조사 보고서를 만들어 놓겠습니다."

세자가 손을 내밀었다.

"잘 부탁합니다."

"성심을 다하겠습니다."

두 사람이 굳게 악수를 나눴다.

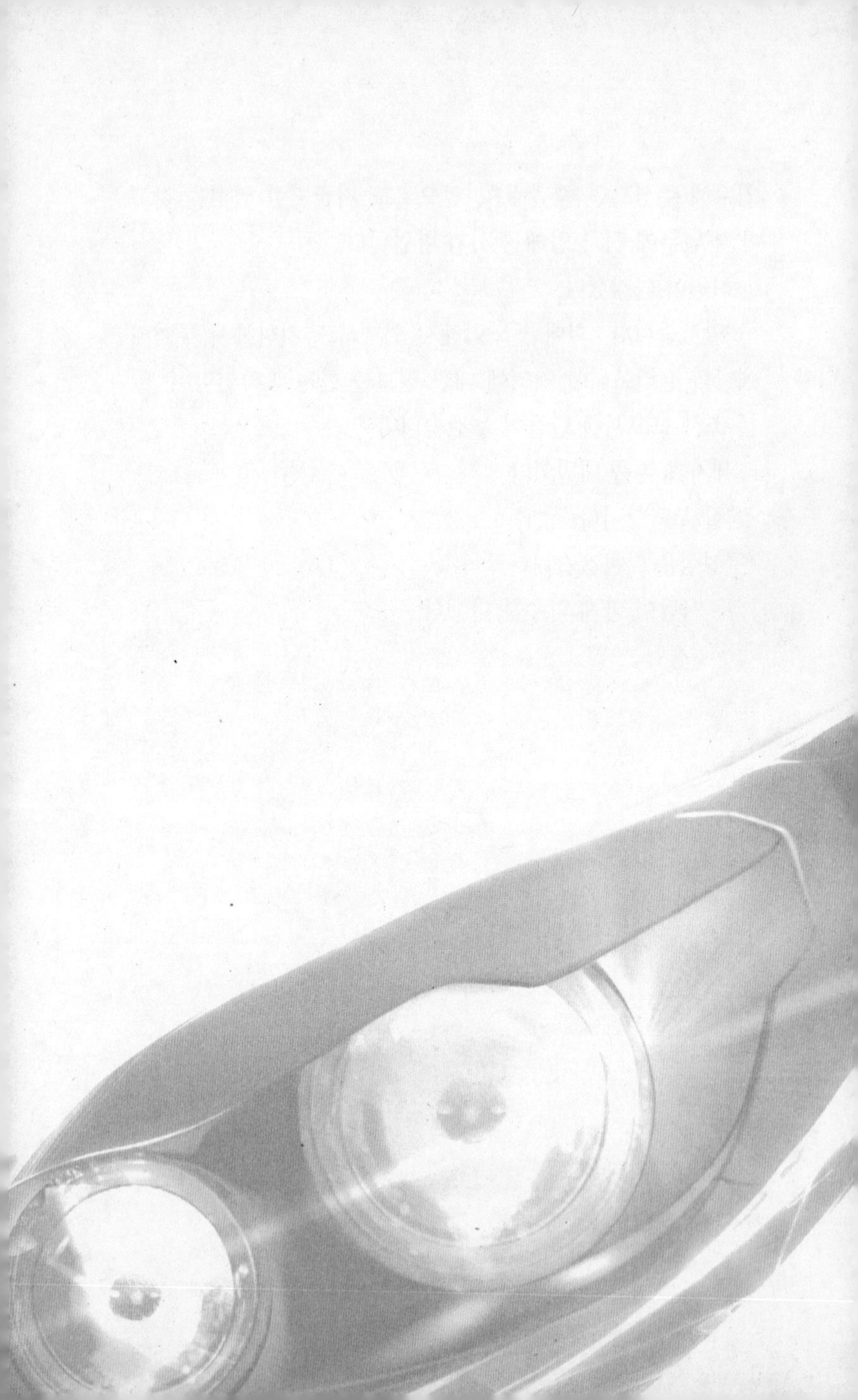

대업이 시작되다

다음 날.

세자는 상참에 참석해 북미 지역에 대해 상세한 보고를 했다. 아울러 북미 지역에 대한 추가 파병과 허원의 장성 진급도 건의했다.

국왕은 즉석에서 윤허했다.

"북미군정장관 허원의 장성 진급을 윤허한다. 아울러 1개 기병여단을 북미에 추가로 파견하라."

"황감하옵니다."

"북미 지역으로 이주한 백성들이 지금까지 모두 얼마나 되느냐?"

"그동안 이주한 숫자가 십만여가 되옵니다."

예상보다 많은 숫자에 편전이 술렁였다. 국왕도 정기적인 보고를 받고 있지만 놀란 표정으로 재차 확인했다.

"전부가 우리 백성인 것은 아니겠지?"

"그러하옵니다. 절반 정도는 바타비아를 비롯한 남방 이주민들입니다."

"그런데 앞으로도 한족의 이주는 권장하지 않을 생각이더냐?"

"그렇게 할 계획입니다. 한족들은 어디를 가더라도 무리를 지어서 삽니다. 그러면서 타민족에 대해 아주 배타적이고요. 더구나 우리에 대한 우월감을 갖고 있다는 점도 문제입니다."

국왕이 우려했다.

"이주 초기부터 정한 방침이니 더 거론하지는 않겠다. 그런데 그렇게 이주를 제한한다면 너의 계획대로 10년에 백만 이주가 가능하겠느냐?"

세자가 장담했다.

"북미 개척지는 벌써 도시로 불릴 만한 곳이 세 곳이고, 개척촌은 이십여 곳이나 되옵니다. 지금의 이주 속도로 봤을 때 늘면 늘지 줄어들지는 않을 것이옵니다."

"허허! 그래?"

"앞으로는 우리 백성의 이주도 권장하겠지만 남방과 인도 지역의 이주민을 더 적극적으로 받아들일 예정입니다."

"알았다. 이주 문제는 네가 알아서 하도록 해라."

우의정 서용보가 우려를 표명했다.

"저하! 북미 이주도 국가적으로 권장해야 하는 건 맞사옵니다. 그런데 대업이 완성되면 대륙으로의 이주도 대규모로 이뤄져야 하지 않겠습니까?"

"당연히 그래야지요."

"그런데 북미로 너무 많은 사람이 넘어가면 문제가 되지 않겠사옵니까?"

"그 점은 조금도 걱정하지 않아도 됩니다."

"혜안이라도 갖고 계시옵니까?"

세자가 고개를 저었다.

"다른 혜안은 없습니다. 그러나 지금 우리의 현실이 최고의 혜안이라고 말씀드릴 수 있습니다."

서용보가 어리둥절한 표정을 지었다.

"그게 무슨 말씀이온지요?"

"우리는 지난 10여 년 동안 적극적인 노력으로 백성들의 식생활을 개선해 왔습니다. 그리고 철저한 위생 개념을 주지시켜 왔고요. 여기에 약학청의 노력으로 다양한 신약이 개발되면서 백성들의 건강 증진에 결정적 도움을 주고 있습니다."

예조판서 이만수가 동조하고 나섰다.

"맞습니다. 천형이라고 불리었던 천연두도 그런 노력 덕분에 완전히 잡게 되었사옵니다. 위생 개념이 도입되면서 역병도 크게 줄었고요."

"그렇습니다. 덕분에 영아 사망률이 급격히 줄어들었습니다. 일반 백성들이 돌림병으로 사망하는 경우도 마찬가지고요. 이러한 노력의 결과가 무엇으로 귀결되겠습니까?"

이만수의 목소리가 높아졌다.

"인구 증가이옵니다."

"그렇습니다. 우리 조선은 한 해가 다를 정도로 인구가 늘고 있습니다. 그리고 이러한 증가 비율은 시간이 지날수록 폭발적으로 늘어나게 되어 있습니다."

세자가 중신들을 보며 장담했다.

"지금처럼 모두가 합심해 노력한다면 우리 조선의 인구는 20여 년마다 배가될 겁니다."

국왕이 깜짝 놀랐다.

"정녕 그게 가능한 일이더냐?"

"그렇습니다. 지난해 우리 조선의 인구가 천팔백만이 되었습니다. 개혁을 시작하고 10년 만에 삼백만이 늘어난 숫자이지요. 그런데 그 증가 비율이 해가 갈수록 가팔라지고 있다는 사실을 아바마마께서도 아실 것이옵니다."

"맞다. 지난해 한 해만 무려 육십만이 늘었다는 보고를 받았다."

"금년은 분명 그보다 이십만 정도 더 늘어날 것이옵니다. 내년에는 백만 정도가 될 것이고요. 이런 식으로 인구는 시간이 지날수록 기하급수적으로 늘어나게 되어 있습니다. 특히 지금처럼 각 가정에 넷 이상의 아이를 낳아 준다면 아마도 그 증가 속도는 훨씬 더 빨라질 것입니다."

국왕이 크게 고개를 끄덕였다.

"네 말대로만 된다면 1억의 인구도 가능하다는 말이구나."

세자가 정리했다.

"지금부터 10년 후면 삼천만이 될 것이옵니다. 그리고 20여 년이 지나면 육천만이 될 것이고요. 그리고 다시 20여 년이 지나면 우리 조선의 인구는 1억을 넘게 될 것이옵니다. 그 기간을 합하면 50년이 됩니다. 물론 가감이 있겠지만 지금처럼 인구가 늘어난다면 분명 가능한 숫자입니다."

편전이 크게 술렁였다.

예조판서 이만수가 격한 반응을 보였다.

"말씀만 들어도 가슴이 벅차옵니다. 우리 조선의 인구가 저하의 말씀대로 1억이 된다면 두 번 다시 외침을 걱정하지 않는 나라가 되겠습니다."

세자가 웃었다.

"하하! 예판 대감께서 꿈을 너무 작게 가지시네요. 그때가 되면 우리 조선은 최강대국이 되어 있을 겁니다. 외침을 걱정하는 게 아니라 다른 나라가 우리를 두려워하며 절로 머리를 숙이게 될 겁니다."

이만수의 목소리가 떨렸다.

"아! 말씀만 들어도 가슴이 뜁니다. 헌데 저하께서는 왜 20년을 주기로 인구가 배가된다는 예상을 하시는지요?"

"지금의 우리는 조혼풍습으로 대개 열다섯이면 혼인을 합니다. 하지만 이는 과거의 폐습이어서 앞으로는 스물 전후가 결혼 적령기가 될 것입니다."

"아! 그래서 20년을 주기로 잡은 것이옵니까?"

"그렇습니다. 하지만 이런 예상은 말 그대로 예상에 불과합니다. 산업이 발전하고 의학이 발전하면 인구 증가는 더 폭발적으로 늘어나게 되어 있습니다."

이만수가 문제를 지적했다.

"그런데 너무 많은 인구 증가는 청나라처럼 극빈층을 양산하게 되지 않겠사옵니까?"

세자가 웃으며 고개를 저었다.

"그렇지 않습니다. 그리고 우리가 노력해서 그렇게 되지 않도록 만들어야지요. 청나라는 산업의 근간이 농업입니다. 그래서 늘어나는 인구를 수용할 만한 산업 자체가 없습니다."

이만수가 바로 알아들었다.

"땅은 그대로인데 사람만 늘어났단 말이군요."

"그렇습니다. 그런 청국에서 인구가 늘어나면 어떻게 되겠습니까? 거의 전부 소작농이 되거나 도시 빈민이 되어 노예와 같은 생활을 해야 합니다. 이러면 인구가 늘어나 봐야 국가 발전에는 아무 쓸모도 없고 오히려 걸림돌이 됩니다."

"옳으신 지적입니다. 청국은 3억이 넘는 인구를 갖고 있으면서도 수십만의 반란조차 진압하지 못하는 게 현실입니다."

"그렇습니다, 그러나 우리는 어떻습니까? 우리는 지난 10여 년 동안 산업 발전을 위해 엄청난 노력을 하고 있습니다. 그리고 바탕이 형성되면서 앞으로는 이전보다 더 빨리 발전하게 될 겁니다. 그런 산업 발전이 국력 상승에 얼마나 큰 역할을 하는지 여러분들께서도 잘 아실 겁니다."

모든 중신이 크게 고개를 끄덕였다.

개혁 초기 상공업에 대한 인식 부족으로 다수의 중신은 부정적인 시각을 갖고 있었다. 그러나 10년이 지난 지금은 단 한 사람도 그런 생각을 갖고 있지 않았다.

세자가 그 점을 지적했다.

"처음 개혁을 시작할 당시만 해도 산업이란 개념조차 없었습니다. 중신들께서는 상공업이 이 정도로 발전하게 될 거라고는 예상하지 못했을 겁니다. 그러나 아직도 우리의 산업화는 서구보다 뒤처져 있는 게 현실입니다. 그래서 우리는 나라의 역량을 모두 쏟아부어서라도 산업 발전에 일로매진해야 합니다."

누군가 이의를 제기했다.

"그렇게 되면 대업에 차질을 빚지 않겠습니까?"

세자가 고개를 저었다.

"아닙니다. 대업도 국가 발전의 일환이어서 아무 문제가 되지 않습니다. 아니, 오히려 상승효과를 발휘하면서 산업 발전이 더한층 가속화될 것입니다. 그리고 대업이 완수되면 약간의 혼란이 발생할 것입니다. 그러나 그런 혼란은 충분히 극복이 가능한 문제입니다."

국왕이 관심을 보였다.

"혼란이 있을 거라니. 무엇이 걱정된다는 말이냐?"

"당연히 한족입니다. 우리는 고구려 이후 대륙을 상국으로 모셔 왔습니다. 그 시간이 무려 천여 년에 이릅니다. 그런 우리가 고토를 회복한다면 현지의 한족들이 쉽게 동화되지 않으려고 할 겁니다."

"역시 세자도 그 문제를 의식하고 있었구나. 그러면 해결 방안은 생각하고 있느냐?"

세자가 고개를 저었다.

"지금으로선 뚜렷한 방안이 없사옵니다."

국왕이 놀라 헛웃음을 지었다.

"허어! 놀랍구나. 모든 일을 완벽할 정도로 잘 대처하던 세자가 이런 말을 할 줄은 몰랐다."

세자가 몸을 숙였다.

"황공하옵니다. 아직 뚜렷한 방안은 없지만, 그렇다고 아주 문제가 될 거란 예상은 하지 않습니다."

"과인도 그런 생각은 하고 있다."

"요동은 우리의 본거지가 될 지역입니다. 그래서 요동만큼은 저들을 몰아내는 방법을 모색해 보려고 합니다."

국왕이 우려했다.

"결코 쉬운 일이 아니다. 요동이 우리의 고토였어도 이미 오래전부터 한족이 들어와 살고 있다. 그런 한족을 무작정 몰아낼 수는 없다. 그러니 그런 생각을 갖고 있다고 해도 신중을 기울여 계획을 수립해야 한다."

"명심하겠사옵니다."

세자가 인사를 하고는 편전을 나왔다.

이틀 후.

허원이 편전에 들었다. 국왕은 그런 허원의 어깨에 별을 달아 주고 장군도도 하사했다.

허원으로선 생각지도 않은 진급이었다. 그는 국왕에게 사은하고 세자를 찾았다.

"황감하옵니다. 저하께서 추천해 주신 덕분에 소장이 장관將官이 되었사옵니다."

"하하하! 제가 추천한 건 맞지만 허 장관께서 이룬 공적은 장성이 되어도 충분합니다."

"지금까지도 그랬지만 앞으로도 최선을 다하겠습니다."

"고맙습니다."

"그런데 추가 파병은 언제쯤 가능한지요?"

"그렇지 않아도 어제 확인을 해 봤는데, 금년은 곤란하다고 합니다."

허원이 아쉬워했다.

"병력이 많으면 조사단 파견을 확실히 더 늘릴 수 있는데 아쉽네요."

"이해하세요. 기병군단도 병력을 대폭 확충하고 있으나 병력 배정이 여의치 않나 봅니다. 그 대신 연초에 바로 파견을 하겠다는 약속을 했습니다."

"하는 수 없지요. 우선은 기존 병력을 나눠서 운용을 해야겠습니다."

"그렇게 하세요. 그리고 북미 지역에 세워지는 도시에 대한 이름을 허 장관께서 지어 주세요."

허원이 놀랐다.

"도시 이름은 주상 전하나 저하께서 지어 주셔야 하지 않겠습니까?"

세자가 고개를 저었다.

"아니에요. 개척지의 이름이 한 번 지어지면 영원히 지속됩니다. 그러니 이름은 개척지 건설에 가장 공이 큰 사람이 짓는 게 맞아요. 그래야 개척하는 사람들도 거기에 대한 자부심을 갖게 되지 않겠어요?"

허원이 바로 이해했다.

"무슨 말씀인지 알겠습니다. 지금까지 형성된 도시와 개척촌은 현지 주민들의 여론을 모아 명명하겠습니다. 그리고 앞으로 세워질 개척촌은 처음 마을을 형성하는 주민들이 짓도록 조치하겠습니다."

세자도 동의했다.

"좋은 생각이네요. 그런 정책을 쓰면 주민들에게도 일정한 동기가 부여되겠습니다."

두 사람은 이날 오랫동안 북미 지역 개척에 관한 대화를 주고받았다. 세자는 허원이 제안한 여러 정책에 대해 깊은 신뢰와 다양한 지원도 약속했다.

허원은 러시아-아메리카 회사로부터 많은 양의 모피를 압수했다. 세자는 상무사로 하여금 이런 모피를 제값을 주고 구매하게 했다.

이런 조치에 허원이 깜짝 놀랐다.

"저하! 공적 업무를 수행하면서 노획한 모피이옵니다. 그런 모피를 상무사가 매입하다니요. 천부당만부당이옵니다."

세자가 고개를 저었다.

"그렇지 않아요. 북미에 파견된 우리 장병들은 많은 어려움을 참아 가며 복무를 하고 있어요. 이런 장병들을 위해서라도 제값을 치르는 거예요."

"하오나 군인이 금전에 욕심을 내게 되면 무슨 불상사가 일어날지 모르옵니다."

"개척지에서는 무슨 일이 일어날지 모릅니다. 그런 상황에서 너무 원칙을 고수하다 보면 자칫 큰 불상사를 초래할 수가 있어요. 그러니 너무 심하지 않으면 허 장관도 적당히 눈감아 주세요. 이번에 노획한 모피는 상무사가 가공해서 팔면 큰 수익을 거둘 수 있는 물건이에요. 그런 물건을 그냥 받아들인다면 북미여단의 사기에도 문제가 있을 수 있어요."

"하지만 우리는 나라를 위해 목숨을 바치겠다고 맹세한 군인입니다."

세자가 손을 들어 제지했다.

"허 장관이 무슨 걱정을 하는지 알아요. 원칙대로 하면 나라에 바치는 게 맞지요. 하지만 개척지 확장을 위해 목숨을 걸고 활동하는 장병들에게 조금의 배려를 해 준다고 생각하세요. 그리고 원주민을 상대하다 보면 우리 장병이 거래해야 할 때도 생길 거예요."

"그런 경우는 많습니다."

"그런 때에도 적당한 거래 이득을 남기는 건 눈감아 주세요. 그렇게 어느 정도 융통성을 발휘해 줘야 더 열심히 복무합니다. 하지만 그렇다고 일부러 노략질을 하라는 건 절대 아닙니다."

허원이 한동안 망설이다 동의했다.

"알겠습니다. 장병들의 동기부여를 위해 조금의 융통성은 인정하겠습니다."

"잘 생각하셨어요."

"하지만 이번의 금액은 수령하지 않겠습니다. 그 대신 그

금액에 상당하는 식료품과 각종 생필품을 보급해 주십시오. 그렇게 수령한 물품으로 고생한 장병들에게 포상을 하겠습니다."

세자가 즉석에서 동의했다.

"좋습니다. 허 장관이 그런 생각을 갖고 계시다면 상무사도 원가로 물건을 공급하도록 조치하겠습니다."

허원이 반색을 했다.

"감사합니다. 우리 장병들이 저하의 이런 배려를 알게 되면 하나같이 감읍해 할 것입니다."

세자가 크게 웃었다.

"하하하! 돈을 수령하는 건 난색을 보이던 분이 이렇게 좋아하시다니요."

허원이 머쓱해했다.

"돈은 요물입니다. 저도 조금 전에 잠깐 마음이 흔들렸고요. 그런 돈을 포상으로 장병들에게 지급하면 그 뒷감당을 어떻게 할지 난감했습니다. 하지만 식료품과 생필품은 많을수록 좋사옵니다."

"예, 무슨 말씀인지 알겠습니다. 다음부터 보급에 더 신경을 쓰라고 지시하겠습니다."

허원이 고개를 숙였다.

"감사합니다. 북미는 아직은 모든 게 부족합니다. 그런 우리에게 보급은 그야말로 생명 줄입니다."

“이제 농사도 짓고 통조림 공장도 가동하면 먹는 문제는 해결되지 않나요?”

“그것만으로는 부족하옵니다. 북미 이주민이 벌써 십만입니다. 앞으로는 해마다 십만여씩 늘어날 것이고요. 이런 북미를 제대로 발전시키기 위해서는 하루빨리 본토와 같은 공단이 들어서야 합니다.”

“공단을 세우자고요?”

“그렇사옵니다. 북미에 공단을 세우면 이주민의 삶의 질도 높일 수 있지만, 멕시코 지역과 남미로 수출도 할 수 있습니다.”

세자가 긍정적으로 대답했다.

“멀리 보면 그 지역을 우리의 시장으로 만들 수 있겠군요. 알겠습니다. 당장은 어렵지만, 그 부분도 적극 검토해 보겠습니다.”

“감사합니다.”

허원의 귀환이 늦어졌다.

모피 대금 대신 받은 생필품을 준비하는 시간이 필요했기 때문이다. 그렇게 준비된 생필품은 그 양이 상당해 이주선단과 함께할 정도였다.

❁

가을이 시작되는 9월.

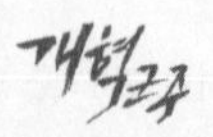

여의도 별궁으로 많은 사람이 모여들었다. 백여 명이 넘는 이들은 대부분 군복을 입고 있었다.

이들은 세자가 주재하는 전군 주요 지휘관 회의에 참석하기 위한 지휘관들이었다. 국왕으로부터 외정을 정식으로 넘겨받은 세자는 분기마다 주요 지휘관 회의를 개최하고 있었다.

여의도 별궁 대회의실이 꽉 채워졌다.

"세자 저하께서 입장하십니다."

사회자의 안내에 모든 지휘관이 자리에서 일어났다. 이윽고 세자가 최고 지휘관 몇 명과 함께 들어와 자신의 자리에 섰다.

"지금부터 세자 저하를 모시고 전군 주요 지휘관 회의를 시작하겠습니다. 먼저 국민의례입니다. 참석하신 모든 분은 전면의 태극기를 향해 주시기 바랍니다."

참석자들이 태극기를 바라봤다.

이어서 사회자의 안내에 따라 국기에 대한 경례와 순국선열을 위한 묵념이 이어졌다. 아직 국가가 제정되지 않아서 국민의례는 여기서 끝났다.

"모두 착석해 주십시오."

참석자들이 자리에 앉느라 잠시 소란스러웠다. 그것을 기다렸던 사회자가 다시 입을 열었다.

"회의를 시작하겠습니다. 먼저 세자 저하의 인사말이 계시겠습니다."

세자가 단상으로 나갔다.

"모두 차려! 세자저하께 경례!"

"충!"

회의실이 쩌렁 울릴 정도로 모두가 한목소리를 냈다. 세자는 그런 참석자들을 죽 둘러보며 고개를 몇 번이고 끄덕였다.

"바로!"

인사를 마친 세자가 발언했다.

"안녕하십니까? 여러분의 건강한 모습을 보니 너무도 반갑습니다. 오늘 회의는 다른 때와 다른 주제를 논의하려고 합니다."

뒤편 벽의 천이 활짝 열렸다.

"오!"

"아!"

"드디어 때가 왔구나!"

참석자들은 하나같은 탄성과 격한 심정을 토로했다.

천이 걷힌 벽에는 두 글자가 적혀 있었다.

북벌北伐.

세자는 지휘관들을 위해 잠시 기다렸다.

"……우리는 지난 10여 년 동안 개혁을 추진해 왔습니다. 개혁은 나라를 발전시키고 백성들의 의식 구조도 완전히 바꿔 놓았습니다. 그런 바탕에 힘입어 군제 개혁과 국민개병제도 성공적으로 도입할 수 있었습니다."

세자가 말을 멈추고 참석자들을 둘러봤다.

참석자들의 얼굴에는 하나같이 자부심이 가득했다.

"그래서 이제 나는 우리가 그토록 바라 마지않던 대업을 본격적으로 추진하려고 합니다. 그리고 그러한 대업은."

세자가 뒤에 보이는 글씨를 가리켰다.

"이 북벌에서부터 시작을 할 것입니다. 전군 지휘관 여러분. 나는 지금 이 시간부터 우리 군은 전시체제로 돌입할 것을 명령합니다!"

모든 지휘관이 소리쳤다.

"명령을 받들어 모시겠습니다!"

"감사합니다. 지휘관들께서는 북벌을 상정한 도상 계획을 수없이 점검해 왔을 겁니다. 그런 계획을 이제부터는 현실에 적응시켜야 할 때입니다. 먼저 각 군이 취합한 자료를 배포하겠습니다."

세자의 말이 끝나기 무섭게 대기하고 있던 무관들이 나섰다. 이들은 두텁게 제본된 책자와 한 장의 종이를 지휘관들에게 나눠 주었다.

세자가 서 있는 단상에도 똑같은 자료가 올라왔다. 세자가 서류를 넘기며 주의를 당부했다.

"이 자료는 우리 군의 병력과 배치, 그리고 보유한 자산이 총망라되어 있습니다. 그래서 특급 기밀로 분류되어 어떠한 일이 있더라도 유출이나 내용 공개를 엄금합니다."

지휘관들이 굳은 표정으로 책자와 함께 온 한 장의 확인서에 날인했다.

확인서가 걷히는 동안 세자의 말이 이어졌다.

"먼저 첫 장을 넘겨주시지요. 우리 군의 정규 병력은 대략 육군 오십만, 수군 팔만 그리고 수군에 예속된 해병대가 삼만으로 되어 있습니다. 그리고 아직은 예비역이 많지 않으나 보충역 오십만여의 예비 병력을 확보한 상태입니다."

세자가 여기서 말을 끊었다.

그러고는 한 명의 장성을 바라봤다.

"이제부터 각 군의 실태를 육군과 수군의 지휘부가 돌아가면서 발표를 해 주세요. 먼저 육군부터 시작하지요."

말이 떨어지자 한 장수가 일어났다.

백발이 성성한 장수의 이름은 백동수다. 개혁 초기 세자에 의해 발탁된 그는 10년 만에 조선육군의 장관이 되어 있었다.

"육군장관 백동수입니다. 먼저 그토록 갈망해 마지않던 북벌의 결단을 내려 주신 세자 저하께 더없는 감사를 드리옵니다. 우리 군은 지난해부터 시작된 군제 개혁과 징병에 성공하면서 면모를 완전히 일신했습니다. 더불어 군복과 군화 같은 보급품도 전부 신품으로 교체가 되었습니다. 이뿐이 아니라 소총을 비롯한 각종 화기 개발도 성공을 거두면서, 우리의 군사력은 최강이라 자부해도 될 만큼 강력해졌습니다."

이렇게 시작된 백동수의 보고는 꽤 길었다. 그는 육군의 편제와 보유 화력, 그리고 배치 지역까지 상세하게 보고했다.

이어서 수군장관의 보고가 이어졌다. 수군장관은 성웅 이순신 장군의 후손인 이인수다.

수군의 발전은 화란양행 때문에 가능했다.

개혁 초기 네덜란드동인도회사 소속 범선이 조난당하며 조선과 인연을 맺었다. 이때부터 시작된 협력은 조선의 개혁에 막대한 도움이 되어왔다.

이뿐이 아니었다.

화란양행은 조선을 대신해 많은 과학자와 기술자를 초빙해 왔다. 더불어 앞선 서양의 각종 기자재를 수입했으며, 서양에서 발간한 수많은 과학 관련 책자도 함께 들여왔다.

이런 화란양행의 활약 덕분에 조선의 과학기술과 경제는 급격히 발전할 수 있었다. 더불어 상무사와 조선의 위상을 서양에 알리는 첨병 역할도 했다.

화란양행은 조선의 영토 확장에도 결정적 도움을 주었다. 화란양행의 중재로 스페인과 프랑스로부터 마리아나제도와 루이지애나를 매입했다.

이런 화란양행도 성세를 구가하고 있었다.

과거 네덜란드동인도회사는 여러 주주가 자본을 투자한 회사였다. 그래서 초기에는 많은 자본 덕분에 바타비아 등을 개척하며 발전을 구가했다.

그러던 동인도회사는 프랑스의 침공으로 본사가 무너지면

서 회사가 해체되고 말았다.

이런 네덜란드동인도회사의 일부가 떨어져 나와 세운 회사가 화란양행이다. 종업원 지주제 형식의 화란양행은 처음부터 세자의 도움으로 설립되었다.

이후 화란양행은 외풍에 흔들림 없이 급격하게 성장했다. 회사가 성장하면서 조선과의 협력은 더욱 공고해지면서 뉴올리언스 경영도 맡았다.

네덜란드는 상인의 나라다.

그런 나라 출신이 만든 화란양행이기에 조선과의 합작에 열정적이었다. 화란양행은 조선의 발전에 결정적 도움을 주면서 자신들도 최고의 수익을 거두고 있었다.

수군은 이런 화란양행과의 우호 협력을 이어 오고 있다. 덕분에 서양 제국과 비교해도 뒤떨어지지 않는 선박 건조 기술을 보유하게 되었다.

이인수의 보고가 이어졌다.

"……화란양행과의 협력은 지금도 우리 수군 발전에 큰 도움이 되고 있습니다. 수군의 승조원들은 일조일석에 양성되지 않습니다. 만일 화란양행의 헌신적인 도움이 없었다면 우리는 아직도 과거의 수렁을 벗어나지 못했을 겁니다. 우리 수군이 대양으로 진출한 지 이제 10년입니다. 그렇게 일천한 우리 조선 수군이 지금의 위상을 점할 수 있게 된 것은 전적으로 화란양행의 헌신 덕분입니다."

세자가 정정했다.

"화란양행이 큰 도움이 된 건 부인할 수 없는 사실입니다. 그러나 그러한 도움도 우리 수군 지휘관과 예하 장병들의 피나는 노력이 없었다면 결코 지금의 수군이 만들어지지 않았을 겁니다."

이인수도 이점은 인정했다.

"정확한 지적이옵니다. 우리 장병들의 헌신이 없었다면 오늘의 우리 수군은 없었을 겁니다. 그렇다고 해서 화란양행의 도움만큼은 절대 잊지 않았으면 합니다."

세자가 웃으며 말을 받았다.

"이 장관님의 말씀도 맞습니다. 하지만 화란양행에게는 너무 치켜세우지 마세요. 그러다 자칫 가뜩이나 높은 그들의 코가 더 높아질 수 있습니다."

"하하하!"

"하하하!"

회의장이 웃음바다가 되었다.

참석자들은 세자가 무거운 분위기를 바꾸려고 일부러 농담한 사실을 짐작했다. 그래서 더 크게 웃으며 한껏 긴장해 있던 몸을 풀었다.

웃음이 가라앉고 세자가 나섰다.

"보고를 듣는 것만 해도 가슴이 벅찹니다. 지금 당장이라도 거병을 해서 북벌을 단행하고 싶습니다. 하지만 병력이 완비되었다고 모든 준비가 끝난 게 아니란 걸 모두는 아실 겁니다."

지휘관 전체가 고개를 끄덕였다.

세자가 선언했다.

"앞으로 일 년입니다. 이 일 년 동안 우리는 총력을 기울여 북벌 준비를 마쳐야 합니다."

회의실의 분위기가 후끈 달아올랐다.

조선은 지금까지 북벌을 착실히 준비해 왔다. 그럼에도 일 년이란 시간이 결정되니 지휘관들의 머릿속이 갑자기 복잡해졌다.

"우리는 북벌에 대비해 그동안 수많은 도상 훈련을 해 왔습니다. 이런 계획을 총참모부는 완전히 정리하세요. 각 단위부대는 휘하 장병들을 북벌에 맞춰 훈련을 강화하세요. 수군도 마찬가지입니다. 이번 북벌에서는 수군이 절대적인 역할을 하게 됩니다. 그러니 해병대와 육군의 합동 상륙 훈련을 배가하세요."

"예, 알겠습니다."

세자의 시선이 민간인에게로 돌아갔다. 이들은 조정 관리들과 상무사 직원들이었다.

"신형 소총 보급이 아직 완료되지 않았습니다. 다행히 함포 보급은 끝났지만, 신형 대포와 박격포 보급이 부족합니다. 기술개발청은 이 부분에 더욱 힘써 주기 바랍니다."

"알겠습니다."

"약학청은 전군의 의약품 보급 상황을 한 번 더 점검하세요. 교전에 대비한 각종 의약품과 붕대와 같은 소모품 생산도 대폭 늘려야 합니다."

"명심하겠습니다."

세자의 시선이 박종보로 향했다.

시선을 받은 박종보가 먼저 보고했다.

"소총의 총탄과 대포의 포탄 등의 생산은 연초부터 최대한으로 늘려 놓았습니다. 통조림도 전국의 모든 공장에서 한계까지 생산을 하고 있고요. 군량미도 본국뿐이 아니라 대월에서도 조달해서 500만 석 이상 준비해 놓고 있는 중입니다."

세자가 흡족한 표정을 지었다.

그러면서도 지적을 잊지 않았다.

"상무사가 잘하고 있으니 감사할 따름입니다. 전시에 군수품 수급이 전쟁의 승패와 직결됩니다. 그러니 외숙께서는 보다 철저하게 준비 상황을 점검해 주시기 바랍니다."

"알겠습니다. 육군과 수군의 군수사령부와 협의해 한 치의 소홀함이 없도록 준비해 놓겠습니다."

"감사합니다."

세자가 지휘관을 둘러봤다.

"자! 기본적인 점검을 마쳤습니다. 지금부터는 북벌에 대비한 도상 훈련을 실시할 예정입니다. 그러니 지휘관들께서는 자리를 옮기셔서 토의를 진행해 주시기 바랍니다."

사회자가 다시 나섰다.

"지금부터 분야별 도상 훈련을 실시하겠습니다. 참석하신 지휘관들께서는 별관 건물로 이동을 해 주시기 바랍니다."

지휘관들이 서둘러 밖으로 나갔다.

세자는 지휘관들이 모두 나갈 때까지 기다리다 일어났다.

기병군단의 열병식

북벌 선언은 나라를 뒤흔들어 놓았다.

조정은 즉각 전시체제로 개편되었다. 이어서 전국의 모든 고을에는 전시포고령이 발효되었다.

이러한 상황이 되면 백성들은 당연히 크게 술렁이기 마련이다. 일부는 나 혼자 살겠다고 짐을 싸는 경우도 발생한다.

그런데 이번에는 달랐다.

오래전부터 예견된 일이어서인지 의외로 큰 혼란이 일어나지 않았다.

더 놀라운 점은 포고령을 보고 입대를 자원하는 백성들이 줄을 이었다는 것이다. 개혁을 추진하며 백성들의 의식 구조를 바꿔 놓은 성과였다. 백성들의 열렬한 호응에 힘입어 북벌 준비는 일사불란하게 진행되었다.

세자는 모든 업무를 직접 관장했다. 하루의 시작부터 끝까지 북벌 준비에 쏟아부었다.

수시로 진행되는 실전 훈련을 한 번도 빠지지 않고 참여했다. 군수공장이 늘어서 있는 마포 일대도 거의 매일 찾으며 직원들을 독려했다. 이런 열정이 몇 달 이어지면서 주변에서 세자의 건강을 걱정하기까지 했다.

그러나 겉으로 보기와 달리 세자는 별로 과로하지 않았다.

규칙적으로 운동을 했다. 그리고 말을 타고 이동하면서 자연스럽게 건강 관리를 하고 있었다.

조선은 관리가 감당해야 할 업무량은 상당히 많았다. 그러나 쓸데없는 잡무가 많고 비효율적이어서 절대량은 결코 많지 않았다.

세자는 이런 문제점을 이전부터 고쳐 왔다. 그러다 북벌을 준비하면서 완전히 체계를 잡아 나갔다.

불요불급한 서류는 없어지고 문서에 난무하던 미사여구도 대폭 생략하게 했다. 허례허식도 대폭 간소화하면서 관리들의 원천적인 근무 여건을 개선해 능률을 끌어올렸다.

세자는 참모 조직을 적극 활용했다.

비서실 업무를 철저하게 분담시켰다. 수석 비서관 체제로 운용되는 비서실은 전문성을 배가했다.

나태도 전염이 되지만 열정도 전염된다. 세자의 밤낮을 가리지 않는 열정은 비서실을 넘어 전국적으로 확산되었다.

그렇게 북벌은 거국적으로 준비되었다.

❋

일 년이 지난 이듬해 9월.

세자가 평양을 찾았다.

기병군단의 열병식도 참관하고 북벌을 위해 집결하고 있는 병력을 위무하기 위해서였다. 전시체제여서 세자의 여정에 평상시보다 많은 병력이 호위했다.

세자를 보기 위해 도성의 도로변에는 백성들로 입추의 여지가 없었다. 세자는 연도의 백성들에게 연신 손을 흔들어 주며 이동했다.

그러다 돈의문敦義門을 나서니 이전과 다른 풍경이 펼쳐져 있었다.

돈의문 밖에는 경기감영이 있다. 그뿐이 아니라 모화관과 여러 관청이 있으며, 보부상 전방과 전방들이 줄지어 있어서 늘 사람들로 북적였다.

그 바람에 도로가 좁아지고 복잡했었다. 그런데 세자가 바라본 돈의문 밖 풍경은 이전과는 비교할 수 없을 정도로 달라져 있었다.

세자가 주변을 둘러보며 놀랐다.

"이전에는 늘 북적이던 돈의문 밖이 이렇게 변했을 줄 몰랐네요. 좁고 답답했던 길은 온데간데없어지고 여기까지 도로 정비가 되었네요. 고생들 많았습니다."

노비 해방에 맞춰 국가 기간 시설 공사가 대대적으로 진행되었다. 전국적으로 수많은 과업이 진행되었으며, 많은 공사가 지금도 진행되고 있었다.

기간 시설 공사 중 가장 중요한 부분은 도로 확충이었다. 조선의 도로는 열악해서 마차조차 제대로 다닐 만한 길이 많지 않았다.

그래서 가장 중점을 두고 도로부터 건설했다. 그런 과정에서 주요 간선도로는 지금의 4차선처럼 대폭 확장되었다.

여기에 장차 도로를 쉽게 확장할 수 있도록 접도구역까지 확보해 두었다. 이러한 결정에 많은 사람이 과도한 조치라며 우려했다.

그러나 세자는 이를 단행했다.

세자는 훗날 도로를 확장하는 게 얼마나 어려운지 너무도 잘 알고 있었다. 그래서 주변의 우려를 무시하고 접도구역까지 확보하게 했다.

그러나 당장은 필요가 없었다. 그래서 접도구역에 보행자의 통행을 위해 인도를 만들었다.

중앙분리대도 두 개의 차선 너비로 만들어 언제라도 확장이 용이하게 했다. 이런 의주대로는 보는 것만 해도 가슴이 탁 트일 정도로 넓었다.

비서실장 김기후金基厚가 설명했다.

왕실 인척인 그는 훈련대장을 역임했으나 문관이었다. 그런 그가 비서실장에 발탁된 까닭은 세자비서실에 힘을 실어주려는 국왕의 배려 때문이었다.

"돈의문을 나오면서부터 의주대로가 시작됩니다. 의주대로는 오래전부터 가장 중요한 관도입니다. 그래서 지속적으로 관리를 해 왔는데, 돈의문 주변만큼은 장사꾼들이 몰리면서 길이 좁아지면서 혼잡했습니다. 그러다 이번에 대대적으로 정비해서 이처럼 넓은 도로를 만들 수 있게 되었습니다."

세자가 우려했다.

"여기는 상당히 혼잡했었는데, 길을 넓히는 데 문제는 없었나요? 관청 건물은 안으로 들이면 되지만 전방이나 민가를 강제로 밀어붙여 불만이 발생하지 않았나요?"

김기후가 펄쩍 뛰었다.

"별말씀을 다 하십니다. 세자 저하께서 추진하는 사업을 어느 누가 반대를 한단 말씀입니까? 더구나 보상도 넉넉히 해 주기까지 했는데요."

비서실이 발족하면서 익위사도 경호실과 비원으로 완전히 분리 개편되었다. 이런 경호실의 실장은 좌익위였던 이원수가 맡고 있었다.

경호실장 이원수가 거들었다.

"저하께서 걱정하지 않으셔도 될 정도로 보상이 넉넉하게 지불되었사옵니다. 거기다 철거되는 도로변의 전방을 그대로 뒤로 물려 주면서 상권을 보호해 주기도 했사옵니다."

"아! 다행이네요. 그런 배려까지 해 주었을 줄 몰랐습니다."

"과거였다면 어려웠을 일입니다. 그러나 이제는 이 정도는 이제 담당 부서의 재량으로 처리됩니다. 그래서 따로 저하께 보고를 드리지 않았을 겁니다."

"그랬군요."

"그리고 인도가 넓게 확보되면서 사람의 왕래가 이전보다 많아졌습니다. 그 바람에 잠시 불편했지만, 지금은 오히려 더 좋아져서 모두가 만족해하고 있다고 하옵니다."

김기후도 가세했다.

"차도와 인도를 구분하고 차도 통행을 우측으로 고정한 결정이 탁월했사옵니다. 전용 통행로가 달라지면서 부딪치는 일이 줄어든 덕분에, 수시로 발생하던 인명 사고가 거의 없어졌사옵니다. 그 바람에 사람들의 통행도 이전보다 늘어났다고 합니다. 연행사신의 말에 따르면 청나라에도 이런 도로는 없다고 하옵니다."

기분 좋은 설명이었다.

세자가 흡족해하며 주변을 둘러봤다. 그런 세자의 눈길이 닿는 곳의 백성들은 두 팔을 흔들며 환호했다.

"와!"

세자는 백성들에게 손을 흔들어 주었다. 그 바람에 백성들의 환호는 몇 배로 커졌다.

세자의 행렬은 천천히 북상했다.

세자는 이동하면서 연도에서 나온 백성들에게 빠짐없이 손을 흔들어 주었다. 세자의 배려에 백성들은 열렬한 환호로 호응했으며, 이런 열기는 평양에 도착할 때까지 이어졌다.

이렇게 백성들을 위무하며 북상한 행렬은 사흘이 되어서야 평양 근처에 도착했다. 의주대로를 이용해 평양에 입성하려면 작은 고개를 넘어야 한다.

이 언덕에서 평양이 아스라이 바라다보였다. 북상하던 세자 행렬이 마침내 언덕에 도착했다.

세자가 말을 멈추었다.

그러고는 드넓은 벌판과 아스라이 보이는 평양성을 한동안 바라봤다. 유려한 대동강 강변과 그 주변에는 군막이 끝도 없이 펼쳐져 있었다.

세자가 감탄했다.

"여기서 내려다보니 장관이네요. 저렇게 펼쳐진 군막은 열병식에 참석한 기병군단들이겠지요?"

이원수가 대답했다.

"그러하옵니다. 이번 열병식에 2개 기병군단 병력 전원이 참석했사옵니다."

조선군은 본래 1개 기병군단만 있었다.

그러다 전면적인 징병과 함께 승마에 능한 평안도와 함경도 병력이 대거 입대했다. 세자는 이런 자원을 적극 활용해 기병군단을 추가로 창설했다.

기병2군단은 예비 병력으로 육성해 왔다. 그런 병력까지 열병식에 참석했다는 말에 세자가 한 번 더 확인했다.

"기병2군단까지 열병식에 참석했단 말이군요."

"그렇사옵니다."

"기병2군단이 병력을 운용하는 데 문제가 없나요?"

이원수가 차분히 설명했다.

"성려하지 않으셔도 되옵니다. 처음부터 승마 경험자 위주로 선발한 병력이옵니다. 거기에 1군단의 경험 많은 간부들이 대거 배치되었고요. 그리고 병력이 운용된 지 벌써 이 년이 되어 갑니다."

"실전 투입도 가능하다는 건가요?"

"그렇사옵니다. 그래서 이번 북벌에는 2개 군단을 모두 투입할 예정이라고 합니다."

"의외네요. 나는 2군단을 예비 병력으로만 생각했어요. 그런데 최고 지휘부가 그런 평가를 하다니, 나의 눈높이가 너무 높았나 보네요."

"기병1군단과 비교되어서 그러실 겁니다."

세자가 크게 고개를 끄덕였다.

"알겠습니다. 이번 열병식에 다양한 기마전술騎馬戰術도 선을 보인다고 하니 직접 관찰해 보면 얼마나 성장했는지 알겠지요."

세자가 말고삐를 움켜잡았다. 그것을 본 이원수가 손을 들어 병력 이동을 신호했다.

언덕에서 평양까지는 꽤 거리가 있었다. 세자 행렬이 그 중간까지 갔을 즈음, 평양 방면에서 일단의 병력이 말을 타고 달려왔다.

그것을 본 이원수가 손을 들었다.

"행진을 중지하라!"

그리고 얼마 지나지 않아 평양에서 출발한 일행이 도착했다. 이들은 육군의 최고 지휘관들로, 백동수가 인솔하고 있었다.

백동수와 동행한 지휘관들도 일제히 말에서 내렸다. 그리고 세자가 타고 있는 말까지 다가왔다.

"충! 어서 오십시오, 저하."

세자도 말에서 내렸다.

"모두들 고생이 많아요."

세자가 지휘관들과 일일이 악수를 나누었다. 인사가 끝나자 백동수가 한발 물러섰다.

"오늘의 열병식은 기병군단만 참여합니다. 그래서 지금부터는 기병사령관이 저하를 모실 것입니다."

세자가 기병사령관에게 손을 내밀었다.

"잘 부탁합니다."

기병사령관이 절도 있게 그 손을 잡았다.

"저하를 모시게 되어 영광입니다."

"이번 열병식에 기병2군단도 참여한다고 들었습니다. 그렇다는 건 1군단과 어깨를 나란히 해도 된다는 의미겠지요?"

"그렇사옵니다. 1군단에는 미치지 못하지만, 작전에 바로 투입해도 될 정도로 조련이 되었습니다."

"예비 병력이 아니라 북벌에 참여해도 문제가 되지 않는다는 말씀이군요."

"그러하옵니다."

"이번에 여러 기마전술을 시연한다고 들었는데 기대가 되는군요."

"저하의 기대에 충분히 부응할 것입니다."

"알겠습니다."

"말에 오르시지요. 여기서부터는 소장이 모시겠습니다."

"부탁합니다."

세자가 다시 말에 올랐다.

그런 세자의 주변으로 육군지휘부가 다가왔다. 그러나 경호를 위한 거리는 유지하며 좇아야 했다.

얼마의 거리를 전진하니 대동강이 나왔다. 대동강에는 부교가 설치되어 있었다. 그런데 설치된 부교는 이전의 모습과는 판이했다.

세자가 대번에 알아봤다.

"새롭게 설계된 철제부교가 설치되었군요."

백동수가 설명했다.

"그러하옵니다. 저하께서 설계하신 대로 상부 갑판을 전부 철판으로 제작했사옵니다. 부교를 연결하는 이음매도 봉강으로 제작했으며, 부품도 전부 철재로 만들었습니다."

세자가 말에서 내려 부교를 세심히 살폈다.

조선은 아직 철선을 제작할 기술력이 없었다. 그래서 세자는 배를 제외한 상판과 부품을 먼저 철로 제작하게 했다. 특히 상판의 옆 부분에 안전판을 높게 덧대어 사고를 예방했다.

부교를 둘러본 세자는 흡족했다.

"잘 만들었네요. 부품 하나하나가 정교해서 흔들림이 크게 줄었겠어요."

"그러하옵니다. 모든 부품은 저하께서 지적하신 기준을 바탕으로 설계도를 제작했습니다. 그런 뒤 그 설계도를 기술개발청이 다시 분석해서 견본을 만들었습니다. 그리고 그 견본을 다시 공병부대가 직접 연결해 가면서 문제점을 하나하나 제거했습니다."

"무거운 하중에도 잘 견디던가요?"

"물론입니다. 시연한 바에 따르면 100섬의 쌀을 실은 우마차가 연속으로 통행해도 조금의 문제도 발생하지 않았습니다. 가장 무거운 대포가 지날 때도 마찬가지였고요. 다만 강의 너울로 인해 부교가 출렁이는 문제가 있어 기병은 하마해서 도강해야 합니다."

"그거야 자연현상이니 어쩔 수 없지요."

이 말을 한 세자가 자신이 타고 온 말의 고삐를 잡고 부교를 건너려 했다. 그 모습을 본 백동수가 화들짝 놀라 만류했다.

"저하! 위험하옵니다."

"부교가 안정적이라면서요?"

"아무리 그렇다고 해도 만일의 일이란 게 있사옵니다. 그러니 말은 저희에게 맡기시고 도보로 건너시지요."

세자가 고개를 저었다.

"아니에요. 장병들이 할 수 있으면 나도 할 수 있어요. 앞으로 전투를 직접 치러야 할 장병들에게 모범을 보이기 위해서라도 내가 해야 해요."

세자가 강경하게 나왔다.

그런 모습을 본 군 지휘부가 난감해했다. 그러자 뒤를 따르던 이원수가 나섰다.

"저하께서 말과 함께 건너시겠다니 말리지는 않겠사옵니다. 하오나 말은 물을 무서워하니 놀라지 않도록 차안대遮眼帶를 씌우도록 해 주십시오. 그리고 만일에 대비해 무관의 보조를 받으시고요."

"……그렇게 할게요."

백동수가 이원수를 보며 눈인사했다. 그것을 본 기병사령

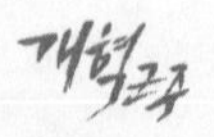

관이 큰 소리로 주의를 주었다.

"세자 저하께서 직접 말고삐를 잡고 도강하신다. 허니 우리 기병군단은 특별히 말의 안정에 신경을 쓰도록 하라."

이어서 이원수가 나섰다.

"저하를 보좌하기 위해 우리 경호실 병력이 앞장선다. 그리고 귀관은 저하와 함께 보조를 맞추도록 하라."

지목을 당한 무관이 고개를 숙였다.

"알겠습니다."

무관이 차안대를 말머리에 씌웠다. 이러는 사이 경호실 병력 십여 명이 앞서 도강이 시작되었다.

세자는 말과 처음 도강하는 터여서 내심은 불안했다. 그러나 기병군단 열병식을 보기 위해 평양까지 온 자신이 말고삐를 넘길 수는 없었다. 그래서 일부러 더 담대한 표정으로 부교를 건넜다.

부교는 폭이 꽤 넓었다.

그래서인지 의외로 안정적이었다. 중간에 너울로 울렁임은 있었으나 별 탈 없이 강을 건넜다.

"우와!"

강변과 성벽에서 도강을 바라보던 병사와 백성이 일제히 환호했다. 세자가 다시 말에 올라 환호하는 군중에게 손을 흔들어 답례했다.

이러한 세자의 행동으로 환호는 더 커졌다. 세자는 성으로 들어갈 때까지 계속해서 손을 흔들어 주었다.

평양성은 인산인해였다.

연도에는 여느 고을과 마찬가지로 백성들로 가득했다. 특히 집집마다 청사초롱을 내걸어 세자의 방문을 환영했다. 그렇게 백성들의 열렬한 환영을 받으며 평안감영에 도착했다.

평양성은 한양에 버금간다.

평양은 천혜의 도읍지다.

평양에는 대동강과 보통강이 삼면을 흐른다. 그리고 북쪽 모란봉 방면은 깎아지른 절벽이다.

고구려는 이러한 자연조건을 적극 활용해 40년을 넘게 축성해 난공불락을 만들었었다. 그래서 수나라 삼십만 대군의 별동대도 평양성의 위용에 눌려 공성할 엄두도 못 내고 포기했었다.

이런 평양성은 나당연합군의 6개월에 걸친 공세도 거뜬히 막아 냈었다. 그러나 아쉽게 내부의 분란에 이은 투항으로 함락되었다.

평양성은 본래 외성과 중성, 그리고 내성과 산성인 북성까지 모두 네 개의 권역으로 나뉘었다. 그러나 지금은 구분이 없어지고 하나로 되었는데, 그 둘레만큼은 한양성보다 넓다.

세자 행렬은 평안감영에서 멈추었다.

감영의 정문 앞에는 평안감사가 관리들을 대동하고 서 있었다. 세자가 말에서 내리자 평안감사가 급히 나와 몸을 숙

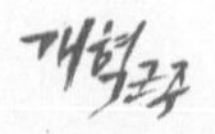

였다.

"어서 오십시오, 저하! 평안감사 조득영趙得永이 문후 여쭈옵니다."

세자는 그의 이름을 듣는 순간 흠칫했다. 그러다 이내 속으로 크게 자책했다.

'하아! 아직도 과거의 세도정치를 떠올리다니. 이제는 안동 김 씨도 그렇고 풍양 조 씨도 그저 명문의 한 가문이거늘.'

이런 생각을 하며 환하게 웃었다.

"조 감사에 대한 명성은 이전부터 많이 들어왔습니다. 그런 분을 오늘 뵙게 되네요. 반갑습니다."

세자의 인사에 조득영은 어리둥절한 표정을 지었다. 그러나 그는 이내 더 깊이 허리를 숙였다.

"허명을 들으셨나 보옵니다. 소인은 그저 주상 전하를 충심으로 모시는 일개 관리에 지나지 않습니다."

"별말씀을 다 하십니다. 비서실에 근무하고 있는 삼종제三從弟인 조인영으로부터 조 감사에 대한 말을 자주 듣습니다."

조득영이 머쓱해했다.

"허허! 인영이가 쓸데없는 말을 저하께 했나 보옵니다."

"그럴 리가 있습니까? 과거에 장원급제하시면서 짧은 기간에 감사까지 되셨으니 자랑해도 될 만하지요."

"신이 중책을 맡을 수 있는 건 오로지 주상 전하의 배려 때문이옵니다. 그런 배려를 받은 신이 어찌 정무를 소홀히 하겠사옵니까?"

"하하하! 그렇군요."

"자! 안으로 드시옵소서."

"그러시지요."

평안감영은 그 규모가 상당하다. 그런 감영의 객사 규모 또한 여느 감영의 객사와 달랐다.

사신이 연행에 나서면 반드시 평안감영에 들렀다 간다. 청나라에서 들어오는 사신도 마찬가지다.

이러한 사신들을 접대하는 일은 평안감사의 주요 업무 중 하나였다. 객사도 그런 상황에 맞춰 건물이 배치되어 있었다.

세자가 객사 정청에 들었다.

평안감사 조득영이 몸을 숙였다.

"저하! 연회가 준비되어 있사옵니다. 어떻게, 지금 준비해 올려도 되겠사옵니까?"

세자가 고개를 저었다.

"준비한 정성은 고맙습니다. 그러나 북벌이 얼마 남지 않았어요. 그리고 나는 진중 업무를 보기 위해 평양에 온 것이니 연회는 하지 않아도 됩니다."

"하오나 여기까지 오셨는데……."

세자가 손을 들어 제지했다.

"되었습니다. 그보다 열병식에 참여할 장병들에게 푸짐한

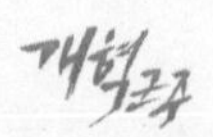

음식을 내려 주면 좋겠네요."

"그 점은 염려 마십시오. 그렇지 않아도 저하께서 도착하실 때를 맞춰 수십 마리의 소를 잡아 고기를 삶고 육개장을 끓이고 있사옵니다. 내일은 모든 장병에게 뜨끈한 국물과 넉넉한 고기가 특식으로 나갈 것이옵니다."

"잘하셨습니다. 나는 연회보다 장병들에게 특식을 내려 주시는 게 더 좋습니다."

조득영도 바로 물러섰다. 그도 세자의 성품을 익히 들어서 알고 있었기 때문이다.

"알겠습니다. 그러면 저녁은 어떻게 준비하면 되겠사옵니까?"

"군 지휘관들과 함께 자리를 마련해 주세요."

"그렇게 하겠습니다."

이날 저녁, 세자는 육군 지휘관들과 저녁을 겸해 그동안 진행되어 온 준비 태세를 재확인했다.

그리고 다음 날이 되었다.

평양성은 대동강변과 접해 있다.

그런데 평양성이 강변 가까이 있어서 열병식을 거행할 장소가 마땅치 않았다. 그 바람에 열병식은 보통강의 건너편 벌판에서 거행되었다.

세자는 일찍 일어나 김 내관의 도움으로 군복을 착용했다. 세자가 착용한 군복은 예복으로, 각종 장식과 견장으로 화려했다.

세자가 보기에 예복이 너무 화려했다. 그래서 이곳저곳을 살피며 불편해했다.

"일반 군복을 입어도 되는데 구태여 예복을 입을 필요가 있을까?"

김 내관이 펄쩍 뛰었다.

"출정을 앞둔 열병식입니다. 군의 사기 진작을 위해서라도 예복을 착용하시는 게 맞사옵니다."

비서실장도 거들었다.

"김 내관의 말대로 이번 열병식은 대외적으로 아주 중요합니다. 그런 열병식을 빛내기 위해서라도 저하께서 예복을 착용하시면 행사가 더 뜻깊게 될 것이옵니다."

"……알았어요."

이러는 사이 기병사령관이 객사를 찾았다.

"저하! 기병사령관께서 드셨사옵니다."

김 내관이 대신 대답했다.

"지금 나가시옵니다."

세자가 나가자 기병사령관이 군례를 올렸다.

"충! 편히 쉬셨사옵니까?"

"예. 덕분에 푹 쉬었네요."

기병사령관이 환하게 웃었다.

"예복을 입은 모습이 아주 잘 어울리시옵니다."

세자가 어색한 표정을 지었다.

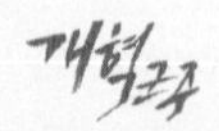

"너무 화려하지 않나요?"

"절대 그렇지 않사옵니다. 세자 저하의 예복에 그 정도의 휘장과 견장은 너무도 당연하옵니다. 소장들의 예복도 저하와 크게 다르지 않사옵니다. 저하께서도 많이 보시지 않았사옵니까?"

세자가 어색함을 털어 내려 목소리를 높였다.

"그렇기는 하지요. 자! 서두릅시다."

"예, 저하."

세자가 말에 올랐다. 기병사령관은 그런 세자를 보통문으로 안내했다.

"저하! 보통문에 오르면 도열해 있는 병력을 한눈에 바라볼 수 있사옵니다. 하오니 먼저 성문에 올라 병력을 살펴보시지요."

"그렇게 합시다."

세자가 말에서 내려 보통문에 올랐다. 그렇게 성문 누각에 오르니 도열해 있는 기병군단이 한눈에 들어왔다.

드넓은 벌판이 온통 기병군단뿐이었다. 그 모습을 본 세자는 절로 감탄사가 터졌다.

"아아! 참으로 장관이네요."

기병사령관이 손으로 죽 훑었다.

"저하! 살펴보시옵소서! 앞으로 만주 벌판과 대륙을 휘저을 저하의 기병군단이옵니다."

조선의 역대 국왕과 세자 중 사이가 좋은 부자도 많았다. 그러나 지금의 국왕처럼 군권을 완전히 넘긴 국왕은 한 명도 없었다.

그만큼 국왕이 세자를 믿는다는 의미였다.

군 지휘관은 이런 사정을 누구보다 잘 알고 있었다. 그래서 기병사령관이 서슴없이 세자의 기병군단이란 말을 할 수 있었다.

세자도 자신의 기병군단이란 말에 순간적으로 감동이 치밀어 올랐다. 그러나 그 말은 훗날 큰 파장을 불러일으킬 수 있었기에 즉시 시정했다.

"그렇지 않아요. 저 병력은 모두 이 나라의 군주이신 아바마마의 장병들이고 우리 조선 백성의 기병군단이에요."

기병사령관도 즉시 몸을 숙였다.

"송구하옵니다. 소장이 잠시 흥분해서 잘못 말씀을 드렸사옵니다."

백동수도 슬쩍 거들었다.

"병력을 소개하다 보니 기병사령관이 잠깐 실수한 듯하옵니다. 이해해 주시옵소서."

말은 이렇게 했지만 두 지휘관의 마음속에는 이미 세자가 주군이었다.

세자도 이런 사정을 모르지 않았기에 웃으며 고개를 저었다.

"괜찮습니다. 중요한 사실은 기병군단의 위용이에요. 기병군단은 이번 북벌의 선봉입니다. 그런 기병을 지금처럼 만든 분이 사령관이시니 자부심을 가지셔도 됩니다."

세자가 기병사령관을 한껏 치켜세워 주었다.

주군의 치하를 받은 기병사령관은 감격했다.

"황공하옵니다."

세자가 분위기를 바꿨다.

"어쨌든 대단합니다. 가슴이 벅차기도 하고요. 우리 조선이 이렇게 많은 기병 병력을 거느린 적은 일찍이 없었던 것으로 압니다."

기병사령관의 목소리가 높아졌다.

"그러하옵니다. 국초에는 우리도 기병을 중심으로 병력을 운용했사옵니다. 그러나 그런 시기에도 지금보다 많은 기병이 한꺼번에 운용된 적은 없었사옵니다."

백동수가 다시 동조했다.

"옳은 지적입니다. 기병은 육성하기도 힘들지만 유지하기도 힘이 드는 병력입니다. 지금 보시는 병력이 조선 역대 최고의 기병 병력입니다."

세자가 벅찬 심정으로 벌판을 바라봤다.

세자의 머릿속에는 만주 벌판을 휘저으며 돌진하는 기병군단의 모습이 그려졌다. 지휘관들은 그런 세자를 위해 잠시 기다려 주었다.

"이런! 내가 잠깐 생각에 잠겼네요. 장병들이 기다리고 있으니 그만 내려갑시다."

"예, 알겠습니다."

보통문을 내려온 세자가 강에 도착했다.

평안도 평원에서 발원한 보통강은 평양 주변에 도착해서 물줄기가 둘로 나뉜다. 그렇게 나뉜 보통강의 물줄기는 대동강과 각자 만나게 된다.

그런 물줄기로 인해 보통강이 휘감아 도는 벌판은 엄밀히 따지면 섬이 된다. 본래는 농지였던 그 평원에서 열병식이 거행되었다.

보통강 부교를 건넌 세자는 기병군단이 세워 둔 높은 단상으로 올라갔다. 부교의 높이는 몇 층 정도 되었으나 집결된 병력의 끝이 보이지는 않았다.

기병사령관이 나섰다.

"저하! 지금부터 열병식을 시행하려고 합니다. 진행해도 되겠사옵니까?"

"그렇게 하세요."

기병사령관이 명령했다.

"지금부터 열병식을 시작하라!"

명령이 떨어지자 북소리가 울렸다. 그리고 단상에 대기하고 있던 깃발이 힘차게 올라갔다.

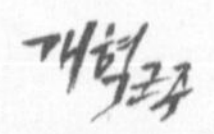

둥! 둥! 둥! 둥!

제병지휘관이 소리쳤다.

"전체 차려!"

벌판에 도열한 병력이 너무 많아 제병지휘관의 목소리가 끝까지 전달되지 않는다. 그래서 모든 지시는 수기신호로 대체되고 있었다.

"세자 저하께 대하여 경례!"

제병지휘관의 옆에 있던 기수가 힘차게 깃발을 내렸다. 그것을 신호로 단위부대별로 올라가 있던 깃발이 동시에 내려졌다.

깃발이 일제히 내려가는 것도 장관이었다. 그러나 기병군단 병력이 일제히 주먹을 가슴에 대는 군례를 올리는 것은 더 장관이었다.

"충!"

말은 상당히 예민한 동물이다.

지적 수준도 높아 다루는 것도 여간 까다롭지 않다.

그런데도 수만 명의 경례 구호에 조금의 동요도 보이지 않았다.

세자가 내심 감탄하며 답례했다.

"바로!"

제병지휘관 옆의 깃발이 절도 있게 올라갔다 내려졌다. 그것을 본 예하 부대의 깃발이 동시에 올렸다 내려졌다.

세자가 절도 있는 기병군단의 모습에 거듭 놀라워했다. 그것을 본 기병사령관이 살짝 조언했다.

"군마는 다양한 조련을 거칩니다. 대포의 포격 소리에도 별다른 반응을 보이지 않을 정도로요. 그래서 이 정도의 구호에는 별로 동요하지 않습니다."

"그래도 대단하네요. 기수와 말이 완전 혼연일체가 된 듯합니다."

"좋게 봐 주셔서 감사합니다."

기병사령관이 고개를 숙이고 물러섰다. 그러자 열병식을 이끌어 갈 사회자가 앞으로 나섰다.

"지금부터 세자 저하를 모시고 열병식을 거행하겠습니다. 먼저 국민의례입니다. 단상에 계신 귀빈 여러분들께서는 기수단이 들고 있는 태극기를 바라보시기 바랍니다."

국민의례가 순서에 따라 거행되었다. 이어서 제병지휘관의 병력 보고와 세자의 훈시가 있었다.

훈시가 끝나자 사회자가 나섰다.

"열병을 거행하겠습니다. 귀빈께서는 아래로 내려가 준비한 말에 오르시기 바랍니다."

세자가 아래로 내려가 말에 올랐다. 이어서 기병 지휘관들의 안내를 받아 가며 천천히 이동했다.

"충!"

"충!"

세자가 지나칠 때마다 단위부대들은 각각 군례를 올렸다. 세자는 그런 군례에 일일이 답례하며 도열해 있는 기병군단을 차례로 열병했다.

2개의 기병군단을 모두 둘러보는 데에는 상당한 시간이 걸렸다. 그럼에도 세자가 기병군단을 모두 둘러볼 때까지 일체의 움직임도 없었다.

세자가 다시 단상에 올랐다. 그때까지도 기병군단은 질서정연하게 도열해 있었다.

사회자가 소리쳤다.

"지금부터 분열을 시작하겠습니다. 기병군단은 단위부대별로 대기석으로 이동하기 바랍니다."

이어서 미리 약속된 깃발이 올랐다. 기병군단은 그 깃발을 보고서 부대별로 이동을 시작했다.

세자가 감탄했다.

"대단하네요. 훈련을 얼마나 철저하게 받았으면 열병하는 동안 오와 열이 흐트러지지 않았어요."

기병사령관이 흐뭇해했다.

"군마의 조련은 어렵고 힘이 듭니다. 그런 조련을 마친 뒤에 기수가 배정되면 일체감을 증진하기 위한 훈련을 다시 하게 됩니다. 그런 기간을 모두 거쳤기 때문에 말과 기수가 혼연일체로 움직일 수 있는 것이옵니다."

"그렇군요."

병력이 이동하고 준비하는 시간이 꽤 걸렸다. 기병사령관은 그런 말미에 기병에 대한 지식을 하나하나 세자에게 전해주었다.

그러다 분열이 시작되었다.

세자는 깜짝 놀랐다. 사람이 행진하는 것도 아닌데 말이 질서정연하게 대오를 유지했다.

"말과 혼연일체가 되었다는 것이 사실이군요. 어떻게 저렇게 행진할 수 있단 말입니까?"

"기병은 야전을 전담합니다. 야전이 벌어지는 벌판은 멀리서 보면 평지로 보이지만 실제는 수많은 위험과 함정이 도사리고 있습니다. 그런 들판을 질주해야 하는 기병에게 가장 필요한 덕목은 말과의 일체감입니다."

세자가 크게 고개를 끄덕였다.

"그래야만 어려움을 헤치고 전력으로 질주할 수 있겠지요."

"그렇습니다. 그래서 우리 기병은 평상시 말과의 교감 증진을 위해 많은 노력을 하고 있습니다. 그런 노력의 결과가 저런 행진에도 나타나고 있지요."

분열에 기병군단 병력이 전부 참여했다.

그래서 꽤 오랫동안 진행되었으나 조금도 지루하지 않았다. 세자는 대화를 나누면서도 단위부대의 군례에 일일이 답례해 주었다.

분열에 이어 기병 전술이 시연되었다. 놀랍게도 기병군단은 다양한 방식으로 병력을 운용했다.

"대단하네요. 기병 전술이 이처럼 다양한 줄 몰랐습니다."

기병사령관이 설명했다.

"야전은 같은 상황이 전개되는 일이 거의 없습니다. 그래서 수많은 경우의수를 예상해 다양한 훈련을 실시하고 있사옵니다."

"그렇군요."

세자가 질주하는 병력을 손으로 가리켰다.

"야전에서 보병이 질주해 오는 기병을 만난다면 보는 것만으로도 기가 질리겠습니다."

"맞습니다. 기병과 보병의 전투력을 1 대 10로 평가합니다. 그러나 야전에서 기병과 보병이 조우하면 기병의 실제 전투력은 그보다 훨씬 높아집니다. 그렇게 되는 원인이 바로 저 질주이지요."

"그렇겠네요. 그런데 화기의 보급으로 기병과 보병의 격차가 크게 줄어들지 않았나요?"

기병사령관이 고개를 저었다.

"아직은 그렇지 않습니다. 청나라가 보유한 소총은 사거리도 짧고 재장전에 시간이 많이 걸립니다. 그런 소총보다는 오히려 사거리가 긴 활이 더 위협적입니다."

백동수가 부언했다.

"활이 위협적인 까닭은 수백 수천의 사수가 공간을 보고 일제히 사격하기 때문입니다.”

“아! 표적을 직접 노리지 않고 공간을 보고 무더기로 쏜단 말이군요.”

“그렇사옵니다. 능숙한 사수는 기병이 질주해 오는 동안 두세 번의 사격을 할 수 있습니다. 그런데 청나라가 보유한 소총은 미리 장탄을 해 두었다 해도 잘해야 두 번입니다. 더구나 질주하는 기병을 사격하는 일은 결코 쉽지 않고요.”

“그러면 우리 보병은 어떻습니까?”

백동수가 단언했다.

“우리 보병은 다릅니다. 일대일로 싸워도 쉽게 밀리지 않을 겁니다. 그리고 사전에 전투준비를 할 수 있다면 무조건 보병이 승리합니다.”

세자가 기병사령관을 돌아봤다. 그는 잠시 곤혹스러운 표정을 짓다 이내 고개를 끄덕였다.

“백 장관님의 말씀대로입니다.”

세자가 백동수를 바라봤다.

“백 장관께서 그런 장담을 하는 건 참호 전술과 소총의 우수성 때문이겠지요?”

“그렇습니다. 우리 소총은 엎드려서 사격을 할 수 있습니다. 더구나 참호를 파고들어 가면 기병과 교전이 벌어져도 은폐하기가 쉽습니다. 아니, 기병이 공격하기가 아주 어려워지지요. 그리고 우리 소총은 강선이 있어서 파괴력도 좋지만 쉽게 장전이 가능해 연발 사격이 가능합니다. 특히 우리 보병에게는 박격포도 있습니다."

세자가 흡족해하며 고개를 끄덕였다.

기병사령관도 거들었다.

"우리 보병의 전략 전술이 과거와는 완전히 달라졌습니다. 이전에는 병력을 결집해서 싸워야 했습니다. 그래야만 병력의 이탈도 막고 화력을 집중할 수 있었습니다. 그러나 지금은 반대입니다."

그가 세자를 바라봤다.

"세자 저하께서 저술하신 각개전투와 전투 교범이 보병 전술을 근본적으로 바꿔 놓았습니다. 그래서 지금은 전투가 벌어지면 병력이 산개대형으로 흩어집니다. 그러고는 각개 병사가 전투력을 발휘하게 되어 있습니다. 이러한 전술의 변화는 기병이 공략하는 데 어려움이 많습니다."

백동수도 거들었다.

"옳은 지적입니다. 더 중요한 변화는 참호입니다. 과거에는 보병이 참호를 판다는 생각을 못 했습니다. 그럴 수밖에 없는 것이, 밀집대형으로 공격하고 수비했기 때문이지요. 그러나 지금의 보병은 어디서라도 참호부터 파서 경계를 섭니다. 이런 참호는 기병 공격을 가장 효과적으로 방어할 수 있습니다."

두 지휘관의 거듭되는 설명에 세자는 연신 흡족한 미소를 지었다. 그러면서도 시연하는 기병에 눈을 떼지 못했다.

"시간이 지나면 기병의 효용성은 더욱 떨어지게 되어 있습니다. 그렇지만 아직은 야전에서 최고의 전투력인 점은 분명한 사실입니다."

"그건 그렇습니다."

세자는 기병의 대규모 병력 운용을 직접 본 건 이번이 처음이었다. 그래서 시연이 끝날 때까지 자리도 이동하지 않고 지켜봤다.

파부침주

세자는 닷새를 평양에 머물렀다.

그동안 지역 주민도 위무하였으며 기병 지휘관들을 객사로 불러들여 위로도 했다. 그렇게 알차게 시간을 보낸 세자가 의주로 올라갔다.

이틀 만에 청천강에 도착했다.

청천강 주변에도 군막이 늘어서 있었다.

"병력이 여기에도 집결해 있네요."

백동수가 설명했다.

"여기는 후방 병력이 집결하는 지역입니다. 아마도 삼남에서 올라온 병력 같습니다."

"이달 말까지 의주로의 병력 집결은 문제가 없겠지요?"

"아직까지 문제가 있다는 보고를 받지 못했습니다. 함경도와 강원도 병력이 주력인 3군과, 이번에 평양을 출발하는 기병군단도 9월 말까지는 계획대로 회령 일대에 집결하게 될 것입니다."

세자는 육군 병력을 3군으로 나눴다. 그러고는 주공인 압록강 방면에 1군과 2군을 투입했으며, 만주 지역과 몽골을 담당하는 기병군단을 3군이 지원하게 했다.

"다행이네요."

청천강에는 하중도가 많다.

세자 일행이 도강하는 지점도 하중도가 있어서 쉽게 강을 건널 수 있었다. 세자가 강을 건너자 주변에 있던 장병들이 몰려와 환호했다.

"와!"

"세자 저하시다!"

세자는 병사들의 환호에 주먹을 불끈 쥐어 보였다. 그것으로 본 병사들의 환호는 더 커졌다. 덕분에 주변 일대가 후끈 달아올랐다.

세자는 의주에 도착할 때까지 수시로 북상하는 병력과 조우했다. 그때마다 세자는 걸음을 멈추고 장병들을 위무하고 격려해 주었다.

그러다 의주에 도착했다.

세자를 맞이하기 위해 의주부윤이 성 밖까지 나와 있었다.

의주부윤 조홍진趙弘鎭이 말에서 내리는 세자에게 다가와 몸을 굽혔다.

"어서 오십시오, 저하. 의주부윤 조가 홍진이 문후 여쭈옵니다."

"고생이 많으십니다."

조홍진이 황급히 고개를 저었다.

"고생이라니, 당치도 않사옵니다. 신은 부윤으로서 당연한 책무를 하고 있을 뿐입니다."

의주는 나라의 관문이다.

그런 의주부윤은 오래전부터 국왕의 총신이 맡아 왔었다. 조홍진도 초계문신 출신으로 국왕의 총신 중 한 명으로 성품이 강직했다.

세자는 조홍진의 모습에 웃음을 터트렸다.

"하하! 너무 그렇게 격식을 차리지 않아도 됩니다."

조홍진이 황급히 몸을 숙였다.

"아니옵니다. 이런 때일수록 철저하게 위계를 지켜야 합니다. 그렇게 상하가 자신의 자리를 굳건히 지켜야만 대업을 성공시킬 수 있사옵니다."

세자도 인정했다.

"부윤의 말씀이 맞습니다."

"감사합니다."

조홍진이 의주부 관리를 소개했다.

북벌을 준비하면서 의주부의 업무도 따라서 폭증했다. 그에 따라 관리도 이전보다 대폭 확충되어 있었다.

세자는 의주 관아의 하급 관리까지 일일이 위로하며 치하했다. 이런 세자의 배려에 관리들은 그동안의 노고를 보답받은 듯 얼굴이 환해졌다.

이날은 바로 객사로 들어갔다.

그리고 다음 날.

세자가 의주부윤의 안내를 받아 통군정統軍亭에 올랐다. 통군정은 압록강 옆의 삼각산에 있는 정자로 전면 5간, 측면 5간이나 되었다.

세자가 정자 안의 누각에 올랐다.

"이야! 여기서는 압록강과 건너편이 한눈에 바라다보이는군요."

"그러하옵니다. 통군정은 관서팔경의 하나일 정도로 전경이 이 일대에서 최고로 좋습니다. 그래서 신도 정무를 마치면 자주 이 통군정에 올라오고는 하옵니다."

"예. 내가 봐도 전경은 그만이군요. 압록강 일대는 물론 강 건너 요동 방면도 훤하게 보이네요."

의주부윤이 전방을 가리켰다.

"저 아래 내려다보이는 하중도가 위화도이옵니다."

"아! 그래요?"

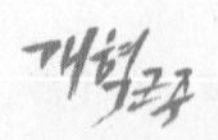

세자가 위화도를 둘러보며 놀랐다.

"생각보다 섬이 넓군요."

"그러하옵니다. 과거 우리 태조께서 많은 병력을 전부 주둔시켰을 정도로 섬이 넓사옵니다. 그런 위화도의 위에 있는 섬은 검동도이고, 그 밑의 작은 섬은 신도라고 하옵니다."

"흐흠! 좋군요. 특히 위화도가 넓어서 도강하는 데는 문제가 없겠어요."

백동수가 나섰다.

"참모들의 보고에 따르면 위화도를 이용하면 부교 건설이 임진강보다 쉽다고 했사옵니다."

"우리 병력이 위화도로 나가 있지요?"

"공병대가 나가 있사옵니다. 저하의 명만 떨어지면 언제라도 부교 건설을 시작할 준비가 되어 있사옵니다."

세자가 요동 쪽을 바라보다 질문했다.

"우리 군이 이곳에 집결한 지 한 달이 되어 갑니다. 워낙 대규모 병력의 이동이어서 저쪽에서도 어렵지 않게 알아볼 수 있었을 겁니다. 그럼에도 청나라에서는 지금까지 반응이 없나요?"

의주부윤이 대답했다.

"얼마 전까지는 병력이 의주 남쪽에 머물러 있었습니다. 그때까지는 청나라가 우리의 병력 이동을 몰랐을 것입니다. 문제는 열흘 전부터 본격적으로 의주 방면으로 병력이 집결하고 있어서, 그 어간에 저들도 눈치를 챘을 가능성이 높사옵니다."

"불원간 청나라가 사신을 보낼 수도 있겠군요."

"아마도 그럴 공산이 큽니다."

세자가 크게 고개를 끄덕였다.

"솔직히 궁금하네요. 청나라 사신이 와서 우리 병력을 보고 무슨 말을 할지 말입니다."

백동수가 너털웃음을 터트렸다.

"허허허! 소장도 궁금하옵니다. 저들이 우리 병력을 보고 무슨 말을 할지 말입니다."

이때였다.

놀랍게도 압록강 너머에서 십여 필의 말이 달려오는 모습이 보였다. 기병사령관이 그 모습을 보고 세자를 찾았다.

"저하! 저기를 보십시오. 저렇게 깃발을 앞세워 급하게 달려오는 모양을 보니, 저하께서 예상하셨던 청나라 사신 같사옵니다."

세자가 손을 내밀자 이원수가 망원경을 공손히 건넸다. 세자가 망원경을 조절해 가며 전방을 살피다 고개를 끄덕였다.

"예상대로네요. 달려오는 자들이 청나라 무복과 관복을 입고 있네요."

백동수도 동조했다.

"우리에 대한 보고를 받고 성경 조정에서 급하게 사신을 보냈나 봅니다. 그러다 보니 저렇게 단출하게 인원을 꾸렸고요."
세자가 몸을 돌렸다.
"저들을 맞아야 하니 내려가는 게 좋겠네요."
"예, 저하."
세자가 산을 내려오고 얼마 지나지 않아 청나라 사신이 의주부로 들이닥쳤다. 청나라 사신은 의외로 많은 사람이 모여 있는 것을 보고 주춤했다.
그러나 다짜고짜 소리부터 질러 댔다.
"너희 중 의주부윤이 누구냐? 당장 앞으로 나오도록 해라!"
청나라 사신의 오만방자함에 세자가 와락 안면을 일그러트렸다. 그러나 이내 마음을 다스리고는 격발하려는 지휘관들을 제지했다.
이러는 사이 조홍진이 나섰다.
"내가 의주부윤 조홍진이라 합니다."
청나라 사신은 조홍진 거만한 눈길로 아래위를 훑었다. 모욕적인 시선에 조홍진이 반발하려 했으나 청나라 사신이 먼저 질책했다.
"지금 조선이 무슨 짓을 하려는 거냐?"
조홍진이 이마를 찌푸렸다.
"무슨 짓이라니요? 말을 삼가시오. 그리고 그대는 누구기에 이렇게 오만불손한 것이오?"
청나라 사신이 거만하게 자신을 소개했다.

"나는 성경의 병부시랑 공명준公明俊이다."

"그렇소이까? 그런데 성경의 병부시랑께서 어쩐 일로 통보도 없이 의주를 방문한 것이오?"

"책문에서 고변이 들어왔다. 조선이 엄청난 병력을 의주 일대에 집결시키고 있다고 말이다. 그래서 그 사실을 확인하고자 내가 직접 달려왔다."

공명준이 손으로 밖을 가리켰다.

"그런데 실제로 의주 주변으로 엄청난 병력이 집결해 있는 걸 내 눈으로 확인했다. 그런데도 어쩐 일이라니? 조선이 저렇게 많은 병력을 집결시킨 저의가 무엇이냐? 혹여 우리 땅을 침략이라도 할 셈이더냐?"

조홍준이 의뭉스럽게 반문했다.

"이상한 말씀을 하시네요. 병력을 집결시켰다고 무조건 침략 의도로 모는 겁니까?"

공명준이 버럭 화를 냈다.

"부윤은 대국의 칙사인 나와 지금 말장난을 하자는 건가? 그런 의도가 아니라면 무엇 때문에 병력을 국경에 집결시킨 건가?"

"그거야 우리의 사정이 있어 그런 것이지요."

공명준의 눈에서 불이 일었다.

"이자가 정녕 나를 가지고 노는 건가. 아니, 지금 그걸 변명이라고 하는 거야? 속국이 병력을 준동하려면 당연히 대국의 승인을 받아야 함을 모르는 게냐?"

조홍준이 목소리를 높였다.

"병부시랑은 말을 삼가시오. 여기는 청나라가 아니라 조선 땅이오. 그대가 아무리 성경 조정의 병부시랑이라고 해도 무작정 우리 내정에 대해 추궁할 수는 없는 일이오."

공명준의 목소리가 더 커졌다.

"무엇이 어쩌고 어째! 감히 속국의 부윤 따위가 대국의 병부시랑에게 대들어! 네가 정녕 단매에 죽고 싶은 거냐?"

분명 통역을 통해 대화를 했다.

그럼에도 통역을 듣지 않아도 대화 내용을 짐작할 수 있었다. 공명준의 과격한 발언으로 주변이 후끈 달아올랐다.

공명준이 그런 반응에 더 날뛰었다.

"이것들이 도대체 나를 뭐로 보고 이런 반응을 보이는 거야! 나는 대청의 병부시랑이다. 그런 나에게 지금 눈을 부라리며 대들다니?"

공명준이 길길이 날뛰었다. 그러던 그가 손가락으로 지휘관들을 가리키며 비아냥댔다.

"저들이 군 지휘관인가 본데, 저걸 지금 군복이라고 입은 건가? 아니, 무슨 군복이 저렇게 허술한 거야?"

이러다 세자에게서 시선이 멈췄다. 그는 세자의 화려한 복장을 보고는 눈이 휘둥그레졌다.

"이건 또 뭐야? 언제 조선의 복장이 양이들과 비슷해진 거야? 그리고 너는 대체 누구기에 그런 복장을 하고 있는 거냐?"

세자는 어이가 없었다.

주변에 있던 지휘관들이 모멸감을 느끼며 분기탱천했다. 그러나 세자는 냉정하게 그들을 손으로 제지하고는 앞으로 나섰다.

"지금 내가 누구냐고 물은 것이냐?"

공명준이 순간적으로 움찔했다.

세자의 태도가 너무도 당당했기 때문이다. 거기에 다른 사람과 확연히 비교되는 복장에 혹시 하는 생각이 들었다.

그의 목소리가 절로 낮아졌다.

"그렇소이다. 대체 누구기에 그런 복장을 하고 있는 거요?"

세자가 대답하지 않고 그를 노려봤다. 이글거리는 눈빛에 공명준은 자신도 모르게 위축되었다.

"왜, 왜 나를 그렇게 노려보는 거요?"

세자는 기가 찼다.

조금 전만 해도 온 세상이 제 것인 양 설치던 자다. 그랬던 자가 분위기가 이상해지니 갑자기 꼬리를 말고서 목소리까지 낮췄다.

세자가 지시했다.

"부윤은 들으시오! 저자는 물론이고 저자와 함께 온 자들을 모조리 포박하시오!"

"예, 저하!"

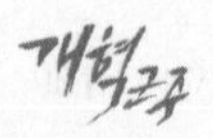

부윤이 한 발 나섰다. 그리고 가장 큰 목소리로 당당하게 지시했다.

"이자를 비롯한 모든 청인을 포박하라."

"예! 영감!"

주변의 의주부 병력이 그대로 청나라 사신을 덮쳤다. 그리고 인정사정 보지 않고 포박을 했다.

공명준이 놀라 소리쳤다.

"이게 무슨 짓이냐? 감히 상국의 칙사를 포박하다니. 네놈들이 이러고도 무사할 줄 알았느냐?"

세자가 지시했다.

"저자의 입이 너무 더러우니 걸레로 그 입을 막도록 하라."

병사 한 명이 급히 달려가 걸레를 가져왔다. 병사는 그 걸레로 주저 없이 공명준의 입을 막았다.

"우욱! 욱!"

걸레가 역겨웠는지 공명준이 사색이 되면서 연신 헛구역질을 했다. 세자가 그런 그를 준엄하게 꾸짖었다.

"네 이놈! 아무리 청나라 사신이라고 해도 타국에 왔으면 기본적인 예의는 갖추는 게 도리다. 더구나 성경의 병부시랑이라면 요동과 만주의 병권을 쥐고 있는 자리가 아니던가. 그런 관리가 어떻게 이렇게 불학무식한 짓을 자행할 수 있단 말이냐? 청나라의 관직은 세습된다고 하던데, 기본적인 소양도 확인하지 않고 자리를 물려주는 거냐?"

일갈하던 세자가 공명준의 눈을 노려봤다. 처음에는 기고만장했던 그의 눈빛이 불안감에 크게 흔들리고 있었다.

"너의 이런 행동은 평상시 얼마나 우리 조선을 경시하고 있었는지를 보여 준다. 그런 너에게 조선의 세자인 내가 조금의 인정도 베풀어 줄 이유가 없다. 여봐라."

"예, 저하!"

"저자를 포함한 청나라 사신을 모두 하옥시키도록 하라. 저들에 대한 처리는 차후에 결정하겠다."

부윤이 나섰다.

"혹시 모르니 저들 모두를 차꼬로 단단히 묶어 두도록 하라."

"예, 알겠습니다."

청나라 사신들로선 마른하늘에 날벼락이었다. 책문에서 급한 장계를 받아 왔지만, 조선에서 이런 대접을 받을 거라고는 조금도 예상 못 했다.

상황이 여의치 않다 해도 사신을 함부로 대하지는 않는다. 그런데 포박도 황당한데 발목까지 채우라는 지시에 공명준의 안색이 누렇게 떴다.

그를 호종했던 청나라 관리들이 소리쳤다.

"살려 주십시오! 우리는 단지 병부시랑을 따라온 죄밖에 없습니다!"

"그러하옵니다! 소인은 그저 대통관의 임무만 충실했을 뿐입니다!"

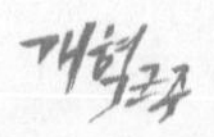

그러나 세자는 냉정했다. 울부짖는 모습을 잠시 바라보던 세자가 그대로 몸을 돌렸다.

잠시 후.

관아 정청으로 십여 명의 지휘관이 모였다.

백동수가 먼저 입을 열었다.

"예상했던 일이지만 청나라 사신이 이렇게 빨리 올 줄은 몰랐네요."

1군 사령관 류성훈이 거들었다.

"그러게 말입니다. 사신이 왔다는 사실은 청나라가 경계 태세를 시작했다는 것을 의미합니다. 서둘러야 할 거 같습니다."

2군 사령관 김인후도 가세했다.

"청나라 사신에 대한 처리는 둘째 치고 출정을 서둘러야 할 것 같습니다."

세자가 백동수를 바라봤다.

"출정을 며칠 당겨도 문제는 없겠습니까?"

백동수가 자신 있게 대답했다.

"물론입니다. 당장이라도 출정이 가능하오니 저하께서 결정만 하시면 됩니다."

세자가 1군과 2군 사령관을 바라봤다. 두 사람은 세자의 시선에 하나같이 고개를 끄덕였다.

세자가 지시했다.

"참모 회의를 소집하세요. 거기서 작전 계획을 수정한 뒤 출정 일자를 조정하지요."

"알겠습니다."

지휘관들이 서둘러 밖으로 나갔다. 그들을 배웅한 의주부윤이 조심스럽게 질문했다.

"저하! 청나라 사신을 어떻게 처리하려 하십니까?"

세자가 단호히 대답했다.

"공개 처형할 생각입니다."

조홍진이 화들짝 놀랐다,

"저하! 아니 되옵니다. 철천지원수지간이라 해도 사신을 죽이는 법은 없사옵니다. 청나라 사신의 행동이 도가 지나치기는 했어도 관례를 생각해 풀어 주시지요."

세자가 고개를 저었다.

"우리에게 두 번은 없어요. 압록강을 넘는 그 순간부터 우리는 승리하지 않으면 살아 돌아올 생각을 하지 말아야 해요. 아니, 북벌에서 패하면 돌아올 나라도 없어질 겁니다."

무시무시한 말이었다.

"……."

세자가 결의를 밝혔다.

"청나라가 비록 쇠락해졌어도 아직은 강대국입니다. 그런 청국을 상대로 죽기를 각오하고 싸워야만 이길 수 있어요. 사즉생死即生의 결기가 있어야만 성공할 수 있다는 말입니다.

그런 북벌이기에 나도 왕실 어른들의 만류를 물리치고, 죽기를 각오하고서 참전하는 것이고요."

"아!"

세자의 말대로다.

지난가을 북벌 준비가 본격적으로 시작되었다. 그러면서 처음으로 북벌 참여를 국왕께 건의했다.

당연히 국왕은 펄쩍 뛰었다.

국왕에게 세자가 없는 왕실은 생각조차 할 수 없었다. 세자가 있어야 부국강병도 가능하고 자신의 염원도 풀 수 있었기 때문이다.

소식을 들은 왕실도 발칵 뒤집혔다. 당연히 조정도 세자의 북벌 참여를 적극 만류했다.

그러나 세자는 완강했다.

왕실이 솔선해야 한다고 주장했다. 그러지 않으면 누가 왕실을 믿고 목숨을 걸겠느냐고 항변했다.

그리고 열여덟이 되면 자신도 입대해야 하니까, 그저 일 년 먼저 입대하는 것뿐이라고도 했다.

세자의 주장은 틀리지 않았다.

아니, 세자가 그동안 주장해 온 솔선수범 정신과 너무도 맞아떨어졌다. 그래서 반대를 거듭하던 조정과 국왕은 세자의 이런 항변에 주춤했다.

그런데 문제가 있었다.

세자의 뒤를 이을 후사가 아직 없었다.

그래서 왕실 어른들은 이 문제를 내세워 세자의 참전을 격하게 반대했다. 그러자 세자도 끝까지 참전을 주장할 수 없었다.

국본의 가장 큰 책무는 대를 잇는 일이다. 그런데 세자는 왕실 후사를 이어야 하는 막중 책임을 다하지 못하고 있었다.

그런데 이때, 놀라운 반전이 일어났다.

세자빈이 회임을 한 것이다.

세자가 혼인한 지 꽤 시간이 지났다. 그래서 왕실과 조정에서는 세자빈의 회임을 기대하고 있었다.

그러다 너무도 절묘한 시기에 회임했다. 하늘의 축복과 같은 세자빈의 회임 소식에 왕실은 물론 온 나라가 환호했다.

그와 함께 세자의 참전 반대 여론은 순식간에 수면 아래로 가라앉았다. 그렇다고 왕실 어른들이 참전을 승인한 것은 아니었다.

그리고 금년 6월.

드디어 바라 마지않던 세손이 태어났다.

세손이 태어나자 온 나라가 축복했다. 국왕은 특별사면령을 선포하며 이를 반겼다.

사법권이 분리되고 처음 있는 사면령이었다. 그럼에도 조정은 열렬히 호응하며 화답했다.

세손의 탄생으로 세자의 참전 반대는 완연히 줄어들었다.

그러나 왕실 어른들의 걱정이 완전히 사라진 것은 아니었다.

그래서 세자는 거듭해서 주청을 들였다. 이런 세자의 노력에 왕실은 직접 참전하지 않는다는 약속을 받고서야 승낙을 해 주었다.

세자는 잠깐 상황을 회상했다.

그러다 세자빈과 꼬물거리는 세손의 모습도 떠올리게 되었다. 그렇게 두 사람이 연이어 생각나자 괜히 마음이 시큰거렸다.

세자는 그리움을 털어 내려고 머리를 흔들었다. 그러고는 더 강력하게 강조했다.

"그동안 우리는 청나라에 갖은 수모를 당해 왔습니다. 수많은 백성이 희생되어 왔고요. 그렇게 암울했던 과거의 고통과 분노를 이번 기회에 완전히 갚아 주어야 합니다. 그리고 이러한 나의 결심을 모든 장병에게 확인시켜 주기 위해서라도 저들을 공개 처형할 겁니다."

세자의 결기로 전각이 후끈 달아올랐다.

조홍진도 더 만류하지 않았다.

"저하의 결심이 확고하시다면 그렇게 해야지요. 그리고 기왕 처형하실 거라면 출정식 때 거행해서 효과를 극대화하시지요."

"좋습니다. 그렇게 하지요."

조홍진이 몸을 숙였다.

"가시지요. 지금쯤이면 주요 지휘관과 참모들이 모두 집결해 있을 것입니다."

"그럽시다."

세자가 의주부윤의 안내를 받아 정청에서 조금 떨어진 전각으로 이동했다. 전각에는 이미 수십여 명의 지휘관과 참모들이 앉아 있었다.

"일동 기립!"

세자가 미리 마련된 중앙 탁자에 섰다.

"세자 저하께 대하여 경례!"

"충!"

"반갑습니다, 여러분."

"바로! 모두 좌정하십시오."

참석자들이 앉자 세자가 먼저 발언했다.

"청나라 사신이 왔다는 사실을 모든 장병이 알고 있을 겁니다. 놀랍게도 저들은 사신을 보낸다는 사실조차 통보하지 않았습니다. 그만큼 상황이 급박하다는 사실을 알고 있다는 의미이지요."

모두가 무겁게 고개를 끄덕였다.

"이런 사실을 유추해 봤을 때 청국은 우리의 군사행동을 확신하고 있는 듯합니다. 그래서 나는 10월 초에 결행하려던 북진을 당겼으면 해서 여러분들을 오시라고 한 겁니다."

참모 한 명이 손을 들었다.

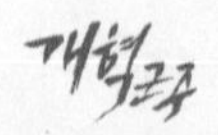

"저하! 하온데 압록강 너머의 안동과 책문 방면의 만주족들의 움직임이 없사옵니다. 만일 우리의 북진을 청나라가 예상하고 있다면 먼저 변경의 만주족들부터 피난을 시켜야 하지 않겠사옵니까?"

청나라는 자신들의 본향인 만주를 한족 출입 금지 지역으로 지정했다. 이 구역이 봉금령 구역으로 압록강 일대도 이 안에 포함되어 있어서, 봉황성의 봉성변문을 넘어야만 성경장군이 관장하는 변내邊內가 된다.

변邊은 유조변장柳條邊牆의 줄임말이다.

청나라는 만주와 몽골 지역의 보호를 위해 한족의 왕래를 제한했다. 그래서 경계 지점에 흙담을 쌓고 그 위에 버드나무를 심었는데, 여기서 변경과 변방, 변계가 유래되었다.

세자도 예상했던 문제였다.

"청나라는 우리의 군사행동에 크게 놀랐을 겁니다. 그랬으니 다른 사람도 아닌 병부시랑이 사신으로 달려왔겠지요. 그럼에도 백성을 피난시키지 않은 까닭은 아마도 우리가 사신을 잡아 둘 거라는 예상을 못 했기 때문일 겁니다."

"사신이 돌아가면서 자국 백성을 소개할 계획이었다는 말씀이옵니까?"

세자가 동의했다.

"그렇게 생각합니다. 그러지 않았다면 병부시랑이 넘어오면서 압록강 너머의 만주족들을 안동성과 봉황성으로 소개했겠지요."

세자의 예상에 대부분의 참모들이 동조했다. 참모들의 발언을 듣던 백동수가 나섰다.

"여러분의 의견을 잘 들었습니다. 지금 저하께서는 북진 계획을 수정하려고 하십니다. 그러니 거기에 따라 계획을 수정해 주기 바랍니다."

"알겠습니다."

세자와 지휘관들은 잠시 자리를 비켰다. 이때부터 참모들의 격론이 시작되었다. 자유롭게 의견을 개진하는 토론은 의외로 쉽게 결론이 났다.

세자와 최고 지휘관들이 돌아오자 총참모장이 보고에 나섰다.

"저희 참모들은 최대한 빨리 북진하자는 결론에 도달했습니다."

세자가 고마워했다.

"빨리 결정을 내려 주어서 고맙군요. 계획보다 일찍 거병하려면 병력과 군수물자가 문제입니다. 어떻게, 병력 배정과 군수물자 보급은 문제가 없는지요?"

"조금의 문제도 없사옵니다."

"3군과 기병군단. 그리고 수군과의 연계는 어떻게 해결할 생각이지요?"

"지금 즉시 수군이 주둔하고 있는 강화 교동과 함경도 회령으로 전령을 보내겠습니다. 작전이 빨라진 만큼 기병을 먼저 기동시키고 3군이 뒤따랐으면 하옵니다."

"기병을 먼저 기동시키자고요?"

"그러하옵니다. 만주는 넓습니다. 청국이 우리의 군사행동을 알았다 해도 방어 준비를 전부 갖추는 일은 쉽지 않사옵니다. 그래서 기병으로 하여금 흑룡강과 길림 지역을 먼저 장악해야 한다고 판단했사옵니다."

수많은 도상 훈련을 해 왔던 터였다. 그래서 세자는 총참모장의 간략한 설명도 바로 이해했다.

"심양 지역에 모든 화력을 집중하자는 말이군요."

"그렇사옵니다. 지금의 만주는 심양과 요양만 깨트리면 아군에 대적할 청병이 거의 없습니다. 특히 요양을 평정하면 주변 수십여 개 성이 그대로 넘어오게 됩니다."

세자가 즉석에서 승인했다.

"좋습니다. 이미 만반의 준비가 되어 있는데 망설일 필요가 없지요. 그래도 이틀 동안 철저한 점검을 하고 사흘째 되는 날 여명과 함께 압록강을 건넙시다."

"알겠습니다."

세자의 결정이 떨어졌다. 수십여 명의 전령이 결정을 전하기 위해 사방으로 흩어졌다.

그리고 사흘이 지났다.

9월 중순의 북방은 벌써 가을이 짙다.

수많은 장병이 도강을 위해 강변 일대로 몰려 있었다. 세자가 강변에 목재로 높게 만들어 놓은 단상으로 올랐다.

병사들의 시선이 일제히 쏠렸다.

세자가 질서정연하게 집결해 있는 병사들을 죽 둘러봤다. 그러다가 소리쳤다.

"드디어 오늘! 우리는 압록강을 건너 북진을 시작한다. 저 만주는 우리의 고토다. 그러나 아쉽게 오랫동안 남의 땅이었다. 이제 우리는 그런 고토를 수복하기 위한 장도에 오를 것이다!"

세자가 손짓을 했다.

십여 명의 청나라 사신들이 끌려왔다.

그렇게 끌려온 청나라 사신들이 나무 기둥에 묶였다. 이어서 머리에 검은 두건을 씌워졌다. 그러자 사신들이 몸부림쳤으나 입에 재갈이 물려 있어서 비명은 들리지 않았다.

"여러분은 그동안 충분히 훈련받았으며 최강의 화력을 보유하고 있다. 그런 우리가 진다는 상상도 조금도 하지 마라! 우리는 이번 북벌에서 무조건 승리할 것이다. 그리고 나는 북벌의 처음부터 끝까지 여러분과 함께할 것이다!"

"우와!"

조선은 유교 국가다. 그런 조선의 세자가 북벌에 참전하겠다는 선포에 모두가 놀랐다.

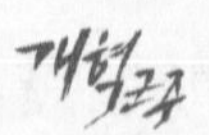

수많은 장병이 환호했다. 엄청난 환호는 한동안 이어지다가 세자가 손을 듦과 동시에 끝났다.

“며칠 전 청나라에서 사신이 건너왔다. 그런 청나라 사신은 오만불손하게 우리 모두를 무시하고 질책했다. 나는 그런 청나라 사신을 이번 북벌의 제물로 삼고자 한다.”

세자의 말이 끝나기 무섭게 대기하고 있던 무관이 깃발을 흔들었다. 멀리서 대기하고 있던 무관이 그것을 보고 소리쳤다.

“전체 차려!”

열 명의 병사들이 일제히 총을 들었다. 병사의 옆에 있던 군법무관이 두루마리를 펼쳤다.

“본관은 육군군사법원의 법무관으로 다음과 같은 판결을 한다. 청나라 죄인들은 우리 세자 저하께 씻을 수 없는 모욕감을 주었다. 아울러 우리의 북벌을 폄훼하고 의주부윤을 형편없이 취급해서 주상 전하의 권위를 훼손시켰다. 이에 육군군사법원은 이들 모두에게 사형을 언도한다.”

형식적인 판결문 낭독이었다. 그러나 아무리 형식적이라 해도 이와 같은 절차는 처음이어서 장병들의 뇌리에 분명히 각인되었다.

무관이 다시 소리쳤다.

“일동 거총!”

사수들이 일제히 총을 들었다.

"준비된 사수부터 사격한다. 사격 개시!"

탕! 탕! 탕! 탕!

십여 발의 총성이 울렸다.

세자는 사형 집행을 확인하고는 몸을 돌렸다. 그런 세자는 지휘봉을 번쩍 들고 소리쳤다.

"우리는 이제 솥을 깨트리고 배를 가라앉히려 한다. 그런 우리에게는 오직 승리만이 남아 있을 뿐이다. 전군! 북으로 진격하라!"

둥! 둥! 둥! 둥!

진군의 북소리가 울렸다. 그와 함께 이십만여가 넘는 장병들의 함성이 온천지에 울려 퍼졌다.

"와! 가자!"

가장 먼저 공병대가 부교를 건설했다.

부교는 위화도의 앞부분부터 가설되었다. 부품이 규격화된 덕분에 부교는 쉽게 완성되었다.

1, 2군에는 각각 1개 기병여단이 배속되어 있었다. 이 병력이 가장 먼저 부교를 건넜다. 이들이 도강하는 동안 요동 방면의 부교도 건설되었다.

부교는 모두 다섯 개나 가설되고 있었다.

기병들은 순식간에 부교를 건넜다.

의주에서 압록강을 건너면 구련산성九蓮山城이 나온다. 이 산성은 명나라가 조선을 경계하기 위해 세운 성으로 아홉 개

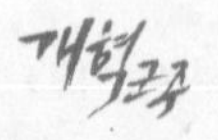

의 병영이 늘어서 있어서 구련이란 이름이 지어졌다.

이 지역은 청나라가 들어선 이후 중강후시가 들어서며 국경무역으로 번성했다. 그러다 조선 백성이 수시로 드나들면서 문제가 되자 폐지되고 책문후시로 대체되었다.

그 이후 이 지역은 거의 방치되어 있었다. 조선의 기병은 조금의 거침도 없이 마을을 통과했다.

파죽지세

압록강 너머는 청나라 사신이 나타나면서부터 술렁였다. 사흘 동안 아무 일도 없었지만, 눈치 빠른 사람들은 이미 피난 준비를 하고 있었다.

이러다 이른 새벽부터 조선군이 도강하자 만주족들은 혼비백산했다. 짐을 싸 둔 사람들은 그거라도 챙겼으나 대부분은 그대로 도망쳤다.

그런 만주족을 조선 기병이 따라잡았다.

"으악!"

"사람 살려!"

도주하던 만주족들은 그 자리에 주저앉거나 사방으로 흩어졌다. 그러나 조선 기병은 이런 만주족을 그대로 지나쳤다.

그리고 얼마를 달렸을 때였다.

"전방에 책문이다!"

책문은 봉성변문으로도 불린다.

책문은 두 나라가 교류하던 유일한 통로다. 그래서 만주족 상인들이 대거 모여 살면서 상당한 마을을 이루고 있었다.

책문을 발견한 기병여단은 내달렸다.

두! 두! 두! 두!

지축을 뒤흔드는 말발굽 소리에 만주족들은 목을 길게 뺐다. 그러던 그들은 하늘을 온통 뒤덮은 먼지를 보고는 하나같이 해쓱해졌다.

"피해라!"

"모두 피해라! 조선군이 몰려온다!"

이들도 의주에 병력이 집결한다는 사실은 이미 알고 있었다. 그러나 압록강에서 책문까지는 상당한 거리여서 조금은 방심했다.

그런 방심이 화근이 되었다.

질주한 기병군단은 그대로 책문을 덮쳤다.

탕! 탕! 탕! 탕!

일정 거리가 되자 총격이 시작되었다. 그런 총격에 책문의 경비병과 만주족이 혼비백산했다.

말을 달리는 상태에서의 사격은 적중률이 형편없이 떨어진다. 그런데 놀랍게도 조선군의 총탄에 수많은 만주족이 죽어 나갔다.

조선군은 수많은 훈련을 해 왔다. 그런 훈련이 실전에서 제대로 성과를 거두고 있었다.

기병여단 선두가 그대로 변문을 통과했다.

쾅! 우지직!

선두기병은 말에 경갑을 착용시켰다. 그 바람에 나무로 만든 문을 쪼개 버렸음에도 말에는 상처 하나 입지 않았다.

기병여단장이 소리쳤다.

"좋다! 1군 기병여단은 이대로 봉황성까지 달린다!"

"이야!"

"하아!"

뒤이어 2군 기병여단이 덮쳤다.

통역관이 소리쳤다.

"저항하지 마라! 도주하지 마라! 말을 듣지 않으면 이유 여하를 막론하고 사살한다!"

탕! 탕! 탕!

통역관의 경고가 있었음에도 눈치 빠른 자들은 사방으로 도주했다. 그렇게 도주하던 자들은 얼마 가지 못해 전부 사살되었다.

그리고 얼마 후.

펑!

백동수가 세자와 함께 부교를 건너고 있었다. 그런 그는 전방에서 쏘아진 연막탄을 확인했다.

"저하! 연막탄이 올랐사옵니다. 벌써 책문을 점령했나 보옵니다."

그 말에 세자도 고개를 들었다. 그러자 북쪽 하늘에 노란색의 연막이 번지는 게 보였다.

"다행이네요."

1군 사령관 류성훈이 소리쳤다.

"서둘러라! 우리가 서둘러야 책문을 함락한 2군 기병여단을 교대할 수 있다."

2군은 압록강과 접해 있는 안동을 공격하기로 되어 있었다.

1군 사령관의 독려에 장병들의 발걸음이 빨라졌다. 다섯 개의 부교를 부설한 덕분에 도강은 빠르게 진행되었다.

압록강을 넘은 병력은 둘로 나뉘었다. 1군은 주공을, 2군은 조공으로 안동을 거쳐 요동반도를 정리하면서 북상하게 되어 있었다.

1군 사령관이 먼저 인사했다.

"수고하십시오. 안동을 거쳐 요동반도를 돌려면 고생이 많으실 겁니다."

2군 사령관 김인후가 답례했다.

"별말씀을 다 하십니다. 해안을 따라 도는 길이 조금 멀지만, 수군이 수시로 보급해 주기로 되어 있어서 몸은 가볍습니다. 그런 우리보다 난공불락으로 소문난 봉황성을 공략해야 하는 1군의 임무가 더 힘들지요. 거기다 성을 공략한 뒤에는 험준한 산악 지대를 넘어야 하지 않습니까?"

"그렇기는 합니다."

"그러니 우리는 걱정 마십시오."

1군 사령관 류성훈이 호탕하게 웃었다.

"하하! 알겠습니다. 양군 모두 진군에 성공해서 웃으며 뵙도록 하지요."

"그렇게 하겠습니다."

2군 사령관 김인후가 세자에게 한 번 더 목례를 하고는 몸을 돌렸다. 그의 주변으로 십여 명의 참모와 호위 병력이 함께 이동을 시작했다.

기다리던 백동수가 나섰다.

"저하! 우리도 이동하지요?"

"그렇게 합시다."

세자는 이동하는 병력과 속도를 같이했다. 그러다 중간에 잠시 휴식하며 통조림으로 점심을 먹고서 다시 이동해 책문에 도착했다.

"충!"

책문은 이미 조선군 선발대가 장악하고 있었다. 경비를 서던 우리 장병의 인사를 받으며 세자 일행은 나무로 경계를 지은 변문을 통과했다.

백동수가 소회를 밝혔다.

"압록강에서 여기까지 한나절에 불과한 거리입니다. 그 거리를 다시 오는 데 수백 년이나 걸렸습니다."

류성훈도 동조했다.

"맞습니다. 너무 오래 걸렸사옵니다."

이러던 그가 과거를 되짚었다.

"전조의 공민왕 시절 우리 태조께서 고구려의 성인 오녀산성을 점령한 적이 있었습니다. 그 후 다시 요동성을 정복했고요."

백동수가 아쉬워했다.

"그랬었지요. 안타까운 사실은 요동성을 점령하고 나서가 문제였습니다. 요동성을 점령한 뒤 우리 태조께서는 요동 일대를 휩쓸며 원나라 병력을 흡수하셨습니다. 태조의 위명이 북방에 떨친 지 오래여서 병력이 급격히 증가했고요. 그런데 치중을 관리하던 무관의 어처구니없는 실수로 가져갔던 군량미 대부분을 불태우는 불상사가 발생했습니다. 그로 인해 군량 부족은 물론 사기마저 저하했고, 상황을 고심하던 총사 이인임이 고심 끝에 퇴각을 결정했었지요."

류성훈의 목소리가 높아졌다.

"그게 실착이었습니다. 힘이 들더라도 끝까지 버텼어야 했습니다. 그랬다면 명나라가 장성을 넘었다고 해서 바로 요동으로 진출할 수는 없었을 겁니다."

세자가 고개를 저었다.

"그게 그렇지 않아요. 명나라는 우리 조선이 강성해지는 걸 극히 두려워했습니다. 그래서 수시로 사신을 파견해 내정을 간섭하려 했고요. 그런 명나라가 우리 조선이 대국으로 성장할 수 있는 기반인 요동을 그대로 놔두었을까요?"

백동수가 단언했다.

"명나라는 우리의 요동 장악을 절대 그냥 두고 보지 않았을 겁니다."

"그랬을 겁니다. 우리가 요동을 장악하면 만주까지도 급속히 영향력을 발휘하게 됩니다. 이미 여진의 가장 큰 부족이 우리에게 신속하고 있었으니까요. 그렇게 되었다면 우리 조선은 고구려보다 더 큰 나라로 성장할 수가 있었습니다. 그리되면 명나라에게 최악이어서 결코 우리가 요동을 장악하게 좌시하지 않았을 겁니다."

세자가 말을 받았다.

"맞아요. 명나라는 수단 방법을 가리지 않고 요동철수를 압박했을 겁니다. 그러지 않으면 전쟁도 불사했을 거예요. 그러한 명나라의 압박을 견디는 건 결코 쉽지 않았을 겁니다. 물론 북원과 합작을 하면 좋겠지만, 그들과는 구원이 있어서 그러기도 쉽지 않았고요."

"맞습니다."

세자가 정리했다.

"자! 지금은 현실이 중요합니다. 우리는 고려의 요동공략

실패를 되풀이하지 않으면 됩니다."

백동수가 동조했다.

"옳으신 말씀이옵니다. 그리고 우리는 요동뿐이 아니라 만주와 북방을 단시간에 평정시켜야 합니다. 그런 연후 여세를 몰아 만리장성도 넘어야 하고요."

세자가 주의를 주었다.

"그래야지요. 그렇게 되기 위해서는 서전緖戰이 중요합니다. 봉황성은 고구려의 오골성烏骨城으로 이전부터 난공불락으로 소문난 산성입니다. 그만큼 험준한 산세를 이용해 성벽을 높게 쌓았다는 의미겠지요. 지금은 이전보다 많이 쇠락했다고는 하나 결코 만만히 볼 성이 아니니 공략에 만전을 기해야 할 것입니다."

류성훈이 결의를 다졌다.

"성려하지 마십시오. 성벽이 아무리 높다 해도 우리가 보유한 신형 대포라면 충분히 공략이 가능할 겁니다. 북벌의 서전인 이번 공성전을 반드시 승리해 세자 저하께 바치겠습니다."

"류 사령관을 믿습니다."

"감사합니다."

류성훈이 참모들과 먼저 이동했다.

유조변의 가장 남쪽에 위치한 변문인 책문과 봉황성은 몇 리 떨어지지 않았다. 천천히 이동한 탓에 세자와 육군지휘부가 도착했을 때는 이미 공격 준비가 끝나 있었다.

세자는 건네받은 망원경으로 성을 살폈다.

"성의 규모가 과연 크고 넓군요. 그 아래 고을의 규모도 대단하고요."

류성훈이 설명했다.

"산성도 그렇지만 봉성 고을은 요충지입니다. 전란이 없는지 오래되어 봉황성의 성벽은 이전보다 많이 쇠락했지만, 성 아래 고을은 상당히 번화해 있사옵니다."

이원수가 거들었다.

"비원의 조사에 따르면 수백 칸이나 되는 저택이 즐비하다고 합니다. 그런 가옥들은 높고 웅장해 흡사 궁궐처럼 보인다고 했사옵니다. 더구나 모든 가옥은 벽돌로 지어져 있고요."

세자의 목소리가 낮아졌다.

"그렇군요."

세자의 대답에 백동수가 의아해했다.

"무슨 언짢으신 일이라도 있사옵니까?"

"아닙니다. 갑자기 연암 선생이 저술한 《열하일기》의 대목이 떠올라서요."

"지난해 돌아가신 연암 선생의 《열하일기》 말씀이지요?"

"그래요. 30년 전 연암 선생이 종형인 금성위錦城尉 대감을 따라 연행을 다녀와 여행기를 저술했지요. 그 《열하일기》의 전반부에 봉황성에 관한 내용이 나오는데, 봉성 저택의 화려

함과 상가의 풍요로움이 적혀 있습니다. 그러면서 변경의 부유함이 이 정도인데 연경은 얼마나 대단할까 하는 구절이 담겨 있지요. 경호실장의 설명을 듣다 갑자기 그 구절이 떠오르네요."

백동수가 고개를 끄덕였다.

"당시의 연암 선생이었다면 분명 청나라의 부유함이 부러웠을 겁니다. 허나 연암 선생이 살아 계셔서 이번 북벌에 동참했다면 절대 그런 소회를 밝히지 않았을 겁니다."

"무슨 말씀을 하셨을까요?"

백동수가 단언했다.

"오골성은 고구려의 고성입니다. 그런 고성을 짓누르고 있는 한족의 흔적을 최대한 없애야 한다는 말씀을 하셨을 겁니다."

"연암 선생이 그렇게 강경 발언을 하실까요?"

백동수가 대답했다.

"물론입니다. 선생께서는 우리 조선을 개혁하고자 하는 의지가 누구보다 강했던 분입니다. 그래서 저하께서 추진하신 개혁에도 적극 참여했고요. 그런 분이니만큼 충분히 그런 말씀을 하고도 남습니다. 소장도 고구려의 혼이 서린 몇 개의 성만큼은 이번 기회에 철저하게 정비를 했으면 하는 생각이옵니다."

백동수의 지적대로 박지원이 적극적인 개혁 인사임은 분

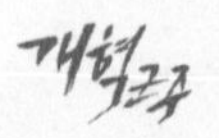

명하다. 그러나 아쉽게 그는 청나라의 학문과 문물을 배우려는 경향이 강했다.

물론 세자의 독자적인 개혁에도 적극적인 지지를 보이기는 했다. 그러나 기본적으로 청나라에 대해서는 상당히 호의적인 인물이었다.

세자는 박지원의 성향을 잘 알고 있다. 그래서 쉽게 백동수의 주장에 동조하지 못했다.

"으음!"

이때였다.

쾅! 쾅! 쾅! 쾅!

배치가 완료된 포대가 일제히 불을 뿜었다. 그 바람에 대화가 중단되면서 모두의 시선이 한곳으로 쏠렸다.

꽈꽝! 꽝! 와르르! 꽝!

최초의 포격은 산성 아래 형성되어 있는 봉성 고을을 겨냥했다. 조선군은 봉성에 대대적이고 무차별적인 포격이 감행했다.

봉성 주민들은 이미 산성으로 피신했다.

그럼에도 포격을 감행한 까닭은 숨어 있는 적을 찾아내 시가전의 피해를 예방하기 위해서다. 한동안의 포격으로 봉성 고을 상당 부분이 파괴되었다.

이어서 대기하고 있던 보병이 고을을 뒤지며 수색했다. 간간이 총성이 울리기도 했으나, 수색은 별다른 충돌 없이 빠르게 끝났다.

뒤이어 포병부대가 전진 배치되었다. 그러면서 공격을 전담할 보병과 기병부대도 산성을 압박하며 전진 배치되었다.

이러한 일련의 움직임은 짜 맞춘 듯 유기적으로 움직였다. 그렇게 진용이 갖춰지면서 산성을 향해 포격이 시작되었다.

쾅! 쾅! 쾅! 쾅!

이번 포격은 조금 전과는 달랐다.

조금 전의 포격은 주택을 파괴하기 위함이어서 신형 고폭탄이 사용되었다. 반면 이번에는 성벽을 파괴하기 위해 철갑탄이 사용되었다.

철갑탄徹甲彈은 포환砲丸이 아닌 개량된 포탄이다. 관통력을 높이기 위해 전면을 뾰족하게 만들고, 포탄의 외피도 합금을 사용해 더 강력해졌다.

꽝! 와르르!

신형 대포의 성능은 이전과는 비교할 수 없을 정도로 향상되었다. 여기에 포탄까지 개량된 덕분에 난공불락으로 여겨졌던 높은 성벽이 허무할 정도로 쉽게 무너졌다.

이원수가 감탄했다.

"놀랍군요. 우리 대포 위력이 대단합니다. 저 정도의 포격이라면 아무리 견고한 성벽이라고 해도 오래 버티지 못할 거 같습니다."

백동수가 동조했다.

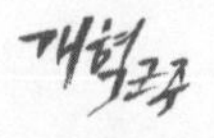

"그렇소이다. 봉황성의 성벽은 외부는 돌이나 벽돌로 축성했지만, 내부는 진흙과 자갈이지요. 다른 지역의 청나라 성벽도 마찬가지고요. 이러한 축성 방식은 포격에 잘 견디는 강점이 있지요. 그런 성벽이 저렇게 쉽게 무너진다는 건 전적으로 우리 대포의 위력 때문입니다."

세자도 흐뭇한 표정을 지었다.

"좋네요. 신형 대포의 위력은 믿고 있었지만 실전에서 저런 성과를 보이다니, 기대 이상이네요."

모두가 세자의 말에 동조했다.

신형 대포의 포격은 산세에 의지해 축성된 성벽을 여지없이 무너트리고 있었다.

봉황성이 오래전부터 난공불락으로 소문난 까닭은 높은 성벽과 공격할 부분이 한 곳뿐이라는 장점 때문이었다. 그래서 수성을 작정하면 성을 점령하기가 요원했다.

그런데 강력한 포격은 이러한 장점을 거의 무용지물로 만들었다.

성벽만 무너진 게 아니다.

봉황성의 성벽에는 상당한 숫자의 청나라 병력이 방어를 위해 올라와 있었다. 이 병력이 성벽이 무너지면서 휩쓸려 죽어 나갔다.

시간이 지나면서 포격 양상이 바뀌었다. 성벽을 깨부수던 포격이 성과를 보이면서, 일부 대포가 고폭탄으로 성내 포격을 감행한 것이다.

꽈꽝! 화르르! 꽈꽝! 꽝!

"으악!"

"아악!"

공격에 대비해 성벽 일대와 밑에 청군이 몰려 있었다. 그런 청군에게 쏟아진 포탄은 주변을 아비규환으로 만들었다.

성내 곳곳에서 불길이 치솟았다. 그것을 본 조선군의 대포는 더욱 거세게 포격을 이어 나갔다.

포격은 한동안 이어졌다.

그런데 포격을 당하고 있음에도 청군은 어떠한 반격의 움직임도 보이지 않았다.

세자가 고개를 갸웃했다.

"백 장관님, 이 정도 되면 저들의 반격이 있어야 하는 거 아닌가요?"

백동수도 찜찜한 표정을 지었다.

"그러게 말입니다. 거리가 멀다지만 하다못해 포격이라도 대응해야 하는데 그게 없네요. 우리 움직임을 청나라가 감지한 게 한 달여입니다. 그 정도 기간이면 요동에서 병력을 보내도 충분한 시간인데, 뭔가 이상하네요."

총참모장이 의견을 냈다.

"장관님, 혹시 청나라가 이 지역 방어를 포기한 건 아닐까요?"

백동수가 흠칫했다.

"청군이 포기했다고?"

"그렇습니다. 우리가 파악한 바로는 만주 일대에 청나라 병력이 별로 없었습니다. 그런 청국으로서는 방어선을 최대한 집중시킬 필요가 있지 않을까 생각되옵니다."

백동수가 손으로 성벽을 가리켰다.

"성에 상당한 병력이 있잖아?"

"청군의 주력은 기병입니다. 그런 청국이 보병만으로 봉황성을 방어할 리가 없습니다. 그리고 성벽 위에 보이는 병력은 아무리 봐도 몇천도 안 되어 보입니다."

백동수가 망원경으로 성을 살폈다. 그리고 잠시 고심하다 동조했다.

"총참모장의 말대로 병사가 의외로 적구나."

"그렇습니다. 아무리 봉황성이 난공불락이라고 해도 저 정도 병력으로 방어할 수는 없습니다. 그렇다고 발목을 잡을 정도도 아니고요. 아무래도 병력이 부족한 청나라가 봉황성의 전략적 가치를 포기했을 가능성이 높습니다."

백동수도 동조했다.

"충분히 가능한 예상이야. 봉황성의 전략적 가치는 우리의 예봉을 꺾는 데 있어. 병력이 부족한 저들로서는 그 정도의 전공을 위해 대규모 병력을 동원할 수는 없겠지. 그러기 위해서는 시간도 부족했을 것이고."

총참모장이 제안했다.

"옳으신 말씀입니다, 장관님. 우선은 포격을 중지하고 저들에게 항복을 먼저 종용해 보는 건 어떻겠습니까?"

"항복을?"

"그렇사옵니다. 어떻게 보면 저들은 버려진 자들입니다. 저들도 자신들이 버려졌다는 걸 모르지 않을 것이고요. 예상이 맞는다면 절대 개죽음당하려 하지 않을 겁니다."

백동수가 세자를 바라봤다.

그 시선을 접한 세자도 작게 고개를 끄덕이며 동조했다.

"저도 총참모장의 의견에 동의합니다."

백동수도 두말하지 않았다.

"알겠습니다. 1군 사령관과 의견을 조율해 보겠습니다."

총참모장이 즉각 전령을 보냈다.

잠시 후, 1군 사령관이 말을 달려왔다. 그리고 백동수와 의견을 조율하고는 다시 돌아갔다.

이어서 포격이 중지되었다. 그러고는 한 필의 말이 산성으로 달려가서는 적당한 거리에서 편지가 묶인 활을 쏘고서 돌아왔다.

이러한 일련의 시도로 성안도 분주해졌다. 세자와 조선군은 긴장된 심정으로 성의 반응을 기다렸다.

그러나 반응이 쉽게 나오지 않았다. 기다리던 1군 사령관이 총참모장에게 최후통첩을 지시했다.

총참모장은 급히 글을 써 전령에게 넘겼다. 전령이 다시 말을 달려가 화살을 쏘았다.

그리고 얼마가 지났다.

"와!"

갑자기 세자 주변에서 환호성이 터졌다. 총참모장이 성을 손으로 가리키며 소리쳤다.

"저하! 성에 백기가 걸렸사옵니다!"

세자도 백기가 걸리는 모습을 봤다. 그럼에도 총참모장이 다시 확인해 주자 크게 기뻤다.

"잘되었군요!"

1군 사령관이 소리쳤다.

"봉황성이 항복했다. 그러나 아직 상황이 종료된 것이 아니니 절대 경거망동하지 마라!"

그는 1사단장을 불러 수습을 지시했다.

지시를 받은 1사단장이 직접 병력을 인솔하고 산성으로 올라갔다. 조선군이 다가가자 굳게 닫혔던 성문이 힘겹게 열렸다.

1사단장이 소리쳤다.

"성안의 청군 병사들은 모두 무장을 해제하라. 그리고 질서 있게 밖으로 나오도록 하라!"

그의 외침에 따라 무기를 버린 청군이 두 팔을 들고 밖으로 나왔다. 그런 청군과 함께 두려운 표정의 만주족들도 두 팔을 들고 나왔다.

밖으로 나온 포로들은 조선군의 지시에 따라 한곳으로 집결했다. 포로가 집결하는 모습을 본 총참모장이 제안했다.

"장관님, 2군에도 전령을 보내 안동성도 항복을 권유해 보는 건 어떻겠습니까?"

"오! 그거 좋은 생각이다."

백동수가 총참모장의 의견을 즉석에서 받아들였다. 그의 승낙을 받은 총참모장이 전령을 불러 지시 사항을 전달했다.

그렇게 전령이 달려가고 얼마 지나지 않아 낭보가 날아들었다.

"하하! 안동성도 항복했다고요?"

총참모장이 기쁜 목소리로 보고했다.

"그렇사옵니다. 전령이 도착했을 때 안동성은 공략을 하기 전이었다고 합니다. 그래서 먼저 항복을 권유했는데, 안동성의 성주가 의외로 쉽게 항복을 했다고 하옵니다."

세자가 흡족해했다.

"안동성과 봉황성은 전략적 요충지인데 두 성이 싸워 보지도 않고 항복하다니. 총참모장의 예상대로 청나라가 두 성을 포기한 게 맞네요."

"신의 예상이 맞아서 다행이옵니다."

세자가 고마워했다.

"이 모두가 총참모장의 날카로운 분석으로 얻는 최상의 성

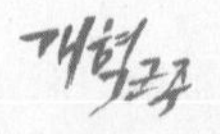

과예요. 덕분에 우리는 시간도 벌고 인명 피해도 없앨 수 있었어요. 좋은 판단 감사드립니다."

총참모장이 깊게 머리를 숙였다.

"황감하옵니다."

이런 대화를 주고받고 있을 때 기병여단의 일부 병력이 전방으로 달려 나갔다. 그와 동시에 1군에서 전령이 달려왔다.

총참모장이 전문을 접수해서 전했다. 백동수가 전문을 읽고서 보고했다.

"저하! 1군 사령관이 기병여단으로 수색대를 먼저 보내 전방을 정찰시킨다고 하옵니다."

세자가 거듭해서 만족했다.

"좋은 판단입니다. 청나라가 봉황성과 안동을 포기했으니 1군 사령관도 연산관連山關 이전에는 청군 병력이 없을 것으로 판단한 거 같네요."

조선이 요동 벌판으로 진출하기 위해서는 거친 산악 지대를 넘어야 한다. 이 산악 지대의 입구에 있는 관문이 연산관이다.

여기를 지나면서 산악 지대가 시작된다.

산악 지대는 높고 험하다. 마운령摩雲嶺과 청석령靑石嶺의 험준한 고개를 넘어야 하며, 다시 낭자산狼子山을 지나서야 요동 벌판이 나온다.

일종의 천혜의 방벽인 셈이다. 세자가 그런 상황을 떠올리고는 주의를 당부했다.

“매복에 조심해야 합니다. 저들이 여기를 포기했다고 해서 방어하기 좋은 산악 지형까지 포기했다는 보장이 없어요.”

백동수가 안심을 시켰다.

“성려하지 마십시오. 1군 사령관과 참모들이 그 정도는 능히 살필 수 있는 사람들입니다. 하지만 저하께서 우려를 표하시니 전령을 보내 주의를 주겠습니다.”

백동수의 말을 들은 총참모장이 즉시 전령을 1군으로 보냈다. 1군은 기병여단을 선발대로 1사단을 제외한 병력을 다시 이동시켰다.

세자는 봉성에서 이틀을 보냈다.

항복한 포로들은 의외로 숫자가 많았다.

세자는 만주족 포로 중 성인 남성은 모두 도로 확장과 군수물자 보급에 투입했다. 모든 포로에게는 발목에 쇠사슬을 채워 도주를 방지했다.

불과 얼마 전만 해도 만주족에게 조선은 속국에 지나지 않았다. 만주족들은 책문에 오는 조선 사신과 상인들을 이런저런 이유로 괄시해 왔었다. 그럼에도 누구도 그런 문제로 처벌을 받은 적이 없었다.

그러던 조선이 쳐들어와 자신들을 포로로 만들었다.

이런 상황도 받아들이기 어려운데, 발목에 족쇄를 채우고는 노역에 동원했다. 만주족의 상당수가 이러한 조선의 조치에 반발했다.

조선군은 반발에 강력하게 대응했다.

반발하는 자들을 무자비하게 체벌했다. 그것도 부족해 가장 반발이 심한 십여 명을 끌어내 공개 처형까지 해 버렸다.

이 조치로 반발은 바로 수그러들었다.

조선이 명 · 청을 상국으로 섬긴 시절이 수백 년이다. 여기에 고려까지 포함하면 거의 천여 년의 시간을 대륙 왕조에 신속해 왔다.

이런 까닭에 한족과 만주족이 갖고 있는 자만심은 쉽게 없어질 성질이 아니었다. 이 문제는 조선이 북벌을 완수하고도 가장 걸림돌이 될 가능성이 높았다.

세자와 지휘부는 그래서 많은 고심을 했다. 가장 좋은 건 유화책이었으나 만주족과 한족이 악용할 소지가 많았다.

많은 토론을 했고, 그러면서 내린 결론이 강온 양면 정책이었다. 그리고 우선 강경책을 먼저 시행하기로 했다. 이런 지침에 따라 조선군은 반발하는 포로를 무자비할 정도로 강경하게 대응한 것이다.

이러한 강경 대응으로 반발은 순식간에 수그러들었다. 백동수가 열심히 노역에 응하는 포로들을 바라보며 혀를 찼다.

"쯧쯧! 처음부터 고분고분할 것이지. 강경책이 바로 효과를 나타내는군요."

세자가 씁쓸해했다.

“고육지책이지요. 기왕이면 유화책으로 저들을 다스리면 좋았을 것을요.”

“아닙니다. 저들의 자만심을 없애기 위해서는 공포심만한 무기는 없습니다. 포용 정책은 그 뒤에 시행해도 늦지 않습니다.”

“그건 그렇지만 너무 무자비한 제압은 자칫 큰 반발을 초래할 수도 있습니다.”

“그런 문제도 걱정해야 하지만 지금의 우리로서는 철저한 통제가 더 중요하옵니다.”

이 점은 세자도 인정했다.

“그건 맞습니다. 지금의 우리에게는 회복지에 대한 통제가 무엇보다 중요한 일이지요.”

이렇게 말을 하면서도 가슴속에는 걱정스러운 생각이 지워지지 않았다. 그러나 백동수의 의견대로 지금은 북벌이 우선이었다.

세자가 말고삐를 잡았다.

“자! 우리도 이만 출발하지요?”

“그렇게 하겠습니다.”

옆에 있던 총참모장이 소리쳤다.

“부대! 출발!”

그렇게 다시 행군이 시작되었다.

포격전의 진수

며칠 동안 행진이 이어졌다.

전시에 병력이 이동할 수 있는 거리는 하루 30여 리가 정당하다. 그 이상의 속도를 내면 낙오병이 속출하며, 반대로 그보다 늦는 경우 적이 대응할 시간을 벌어 줄 위험이 크다.

조선군의 진격도 이러한 행군 속도에 맞춰 꾸준히 이동했다. 차곡차곡, 그러면서 철저하게 위험 요소를 제거해 가며 전진했다.

그러다 연산관이 나왔다.

여기서부터 험준한 산악 지대가 시작된다. 1군 사령관이 진중을 나와 기다리고 있었다.

"어서 오십시오, 저하."

"고생이 많아요. 어떻게 교전은 없었나요?"

"전혀 없었습니다."

"그래요?"

"예. 요동 벌판 입구까지 수색대를 파견했는데, 놀랍게도 청군 병력이 전무합니다."

백동수가 반색했다.

"오! 그게 정말인가?"

"그렇사옵니다."

세자가 고개를 갸웃했다.

"놀라운 일이네요. 아무리 병력이 부족하다고 해도 어떻게 매복에 최고로 유리한 지역을 포기할 수 있지요?"

총참모장도 연신 고개를 갸웃했다.

"청군에서 누가 작전을 세웠는지 이해가 되지 않네요. 저기 보이는 천산 산맥의 산악 지대는 지형이 험하기고 유명합니다. 병력을 적절히 배치하면 백 명으로 만 명의 적을 상대할 수 있는 지형이 도처에 펼쳐져 있기도 하고요. 그래서 우리 참모부도 최초의 격전지를 저곳으로 상정했습니다. 그런데 그렇게 유리한 지형을 병력 배치도 하지 않고 포기한 것은 이해가 되지 않습니다."

1군 사령관도 동조했다.

"맞습니다. 우리도 총참모부의 조언 때문에 조심해 가며 수색을 했습니다. 몇 번이나 수색대를 보내 확인까지 했지만 역시나 마찬가지였습니다. 어느 곳에도 청군은 없었습니다."

백동수가 너털웃음을 터트렸다.

"허허! 그거참. 성경장군이 무슨 생각으로 병력을 운용하는지 모르겠지만 우리로서는 더없이 좋은 상황이구나."

"그렇습니다. 그래서 요소요소에 기병여단 병력을 풀어서 배치해 놓았습니다. 청군이 뒤늦게라도 올라오면 대응을 하려고요."

세자가 크게 웃었다.

"하하하! 공수가 뒤바뀌었다는 말이네요."

"그렇습니다."

"어쨌든 잘하셨습니다."

백동수가 세자를 돌아봤다.

"저하! 지금까지는 그야말로 파죽지세이옵니다."

"그러네요. 저들의 의도가 궁금하지만, 우리로서는 더없이 좋은 결과네요."

백동수가 1군 사령관에게 지시했다.

"마운령부터는 길이 험해 대규모 병력을 한꺼번에 이동시키기 어렵네. 그래서 안전사고는 조심해야겠지만 서둘러 산악 지대를 넘도록 하는 게 좋겠어. 병사들이 피곤하겠지만 휴식은 산맥을 넘고 나서 며칠 쉬도록 하세."

1군 사령관도 예상하고 있던 문제였다. 그랬기에 그의 목소리에는 더없이 힘이 들어갔다.

"장관님의 지시대로 즉각 시행하겠습니다."

1군 사령관이 인사를 하고는 말을 돌려 나갔다.

그런 모습을 잠시 바라보던 백동수가 세자를 돌아보며 의견을 구했다.

"저하! 우리도 서둘러서 산을 넘는 게 좋겠습니다."

"그렇게 하세요. 병사들이 속도를 내는데 우리가 쉬어 갈 수는 없지요."

세자가 말고삐를 당겼다. 그것을 본 백동수와 지휘부가 일제히 천천히 전방으로 이동했다.

십만 병력이 한꺼번에 산악 지대를 넘은 일은 결코 쉽지 않다. 여기에 각종 보급품까지 이동하려면 속도는 훨씬 더 늘어지게 마련이다.

그럼에도 병력 이동은 질서정연했다. 조선군은 누구도 불평불만을 토로하거나 힘들어하지 않았다.

행군 도중 날이 저물었다.

마운령을 넘어서면 산중고을이 나온다.

천수참千水站으로 불리는 고을은 다행히 주변이 넓어 대군이 하루를 쉴 수 있었다. 마을은 온통 비어 있어서 세자는 그중 한 주택에 머물렀다.

그리고 다음 날.

이른 새벽, 간단히 진중 아침을 먹고는 전군이 다시 움직였다. 행진을 시작하고 얼마 지나지 않아 관제묘關帝廟가 나왔다.

백동수가 탄성을 터트렸다.

"하아! 놀랍군요. 이 거친 곳에도 관제묘가 있을 줄 몰랐습니다."

총참모장이 과거를 회상했다.

"병자호란에 패하며 청의 볼모로 심양으로 끌려가셔야 했던 봉림대군께서 이곳에서 호풍음우가胡風陰雨歌를 지어 불렀다고 합니다."

세자도 효종이 저술한 시조를 알고 있었다. 그래서 시조를 지었을 당시의 심정을 유추하며 씁쓸해했다.

"전쟁에서 패하고 볼모로 끌려가는 왕자입니다. 그런 분의 심정이 얼마나 마음이 착잡했을지 짐작이 갑니다."

백동수가 심각한 표정으로 질문했다.

"저하! 이번 북벌에 청국 황실을 완전히 굴복시키시려고 하옵니까?"

세자가 질문의 요지를 대번에 알아듣고는 거꾸로 반문했다.

"장관께서는 승리하면 저들의 황태자와 황자를 볼모로 잡아야 한다고 생각하십니까?"

"솔직히 구원을 해결하기 위해 그런 생각이 들기는 하옵니다."

세자가 고개를 저었다.

"그 문제는 신중해야 합니다. 국익을 위해서는 대륙이 분할되어야 합니다. 그런데 우리가 너무 청국을 강압하게 되면 청나라의 존망이 흔들리게 되지 않겠습니까?"

총참모장이 적극 동조했다.

"그렇사옵니다. 청국 황실을 굴복시키는 것까지는 당연히 해야 합니다. 하오나 너무 압박을 해서 청국 민심이 청국 황실에 완전히 돌아서게 만들어서는 아니 되옵니다."

세자가 동조했다.

"맞는 말이에요. 백련이 송나라를 건국하게 되면 한족의 자존 열망이 급격히 올라가게 됩니다. 그렇게 되면 자칫 그 물결에 청국 황실까지 휩쓸려 들어갈 수가 있어요. 그리되면 큰일입니다."

총참모장이 거듭 나섰다.

"절대 그렇게 되어서는 아니 됩니다. 그렇게 되면 본국의 대계에 큰 차질이 발생하옵니다. 승전하고 난 후에는 우리의 국익을 위해 청국 황실을 적절히 보호해야 할 필요가 있습니다."

백동수가 너털웃음을 터트렸다.

"허허허! 총참모장! 대업에서 성공한 후 우리가 청국 황실을 보호해야 한다는 말인가?"

"그렇사옵니다. 소탐대실해서는 아니 됩니다. 청국의 국력을 강남에서 건국하게 될 송나라와 맞싸울 정도의 여력은 남겨 두어야 합니다. 그래야 송나라도 우리에게 머리를 조아리게 됩니다. 그렇지 않고 대륙이 송나라로 통일된다면 우리의 대계는 큰 차질을 빚을 수밖에 없습니다."

세자가 감탄했다.

"역시 총참모장답게 정세 분석에 탁월하시네요. 맞습니다. 우리의 국익을 위해서 대륙은 분리되는 게 좋습니다. 몇 조각으로 나뉘면 더 좋고요."

백동수가 제안했다.

"그러지 말고 아예 청국을 무너트리는 것도 생각해 볼 필요가 있지 않겠습니까?"

세자가 단호했다.

"절대 그럴 필요가 없습니다. 우리가 이번에 거병하게 된 것은 숙원인 고토를 수복하며 대업을 완수하기 위함입니다. 인구가 적은 우리에게 대륙의 땅은 결코 도움이 되지 않습니다."

백동수가 물러서지 않았다.

"저하! 불과 이백만의 만주족도 대륙을 통일했습니다. 그리고 이백여 년 가까이를 잘 통치해 오고 있고요. 우리 조선은 인구가 그보다 몇 배나 많은데 못할 까닭이 없지 않겠습니까?"

"못할 일은 아니지요. 그러나 우리에게는 대륙보다 더 중요한 북미 지역이 있어요. 북미는 광활한 반면 소수의 원주민만이 살고 있지요. 그런 북미는 우리가 계획하는 대로 인구를 유입해 가며 성장시키면 됩니다. 그러나 대륙은 다릅니다. 무려 3억이나 되는 엄청난 숫자의 한족이 살고 있습니다. 그런 한족을 통치하기 위해서는 지난한 노력이 필요하고요."

총참모장이 거들었다.

"한족은 아무리 좋은 정책을 갖추고 통치를 해도 우리를 심정적으로 인정하지 않을 겁니다. 그런 한족을 상대로 불필요한 국력을 낭비할 필요가 없습니다. 차라리 무력으로 진압해서 적절한 조공을 받는 게 훨씬 좋습니다."

백동수가 고개를 갸웃했다.

"그러다 국력을 키워 다시 우리의 고토를 넘볼 수도 있지 않을까?"

"그렇게 되지 않도록 만들어야지요. 그리고 그렇게 되지 않게 하기 위해 대륙 왕조는 나뉘어야 합니다. 합쳐지면 바로 문제가 발생합니다."

세자가 크게 고개를 끄덕였다.

"총참모장께서 옳은 지적을 했습니다. 우리는 고토만 수복해도 엄청난 영토를 얻게 됩니다. 그러고 나서 지금처럼 국력을 신장시켜 나가면 됩니다. 그런 바탕 위에 본국의 인구가 1억 이상이 되면 그때는 구태여 대륙을 통일하지 않아도 전혀 문제가 되지 않습니다."

"아! 저하께서는 본국 인구 1억을 경계로 보시는군요."

"맞습니다. 대국이 되기 위해서 최소한 1억의 인구는 보유해야 합니다. 그리고 북미 지역의 영토까지 감안하면 그보다 몇 배는 더 많아도 되고요."

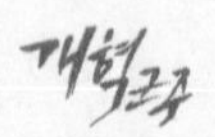

"하온데 고토를 수복하다 보면 어쩔 수 없이 한족이 유입될 수밖에 없습니다. 이런 한족은 어떻게 처리하시려고 하옵니까? 혹시 그들을 북미로 이주시키실 것인지요?"

세자가 고개를 저었다.

"아닙니다. 한족은 당분간 북미로 이주시키지 않을 겁니다."

세자가 여기까지 하고 정리했다.

"자! 이제 그만하시지요. 더 이상의 말은 자칫 공염불이 될 수가 있습니다. 그러니 이후의 계획은 북벌이 끝날 즈음 다시 심도 있게 논의하기로 하지요. 지금의 당면 과제는 무사히 산악 지대를 넘는 일과 요동에서의 과업입니다."

"예, 알겠습니다."

이미 주변을 몇 번이나 정찰하고 난 후였다. 산악 지대는 청석령을 지나며 내리막이 이어지면서 조선군의 행군은 막힘이 없었다.

그러다 낭자산에 들어서면서 휴식하며 점심을 먹었다. 진중이어서 세자 일행도 통조림으로 간단히 점심을 때웠다.

백동수가 통조림을 살피며 격찬했다.

"참으로 대단한 물건입니다. 이 통조림으로 인해 군수품 보급에 엄청난 도움이 되었습니다. 북벌이 성공하면 전공의 상당 부분을 이 통조림이 차지하게 될 겁니다. 배낭을 비롯한 반합과 수통, 식판 등도 그러하고요."

총참모장도 동조했다.

"맞는 말씀입니다. 과거였다면 병사들이 허리나 어깨에 미숫가루를 갖고 다녀야 했습니다. 솥도 짊어져야 하고요. 그런 상황에서 전투가 벌어지면 비상식량을 보존하느라 곤욕을 치러야 했습니다. 그러나 지금은 모든 비상식량이 통조림에 들어 있는 덕분에 그럴 필요가 전혀 없게 되었습니다."

"맞아. 그래서 언제 어느 때라도 물만 있으면 식사가 가능해졌지. 추울 때는 불만 지펴 통조림만 데워 먹어도 간단히 식사를 할 수가 있게 되었지."

"그렇습니다. 그뿐이 아니라 대용량의 통조림 덕분에 부식을 상하지 않고 보관할 수 있게 되어서 보급에도 막대한 도움이 되고 있고요."

두 사람은 이렇듯 격하게 칭찬했다.

그런 반응을 세자가 웃으며 대응했다.

"하하! 맞아요. 내가 발명했지만 두 분 말씀대로 통조림은 대단한 물건입니다. 이 통조림이 나오면서 백성들의 식생활 개선에 큰 도움이 되고 있지요. 북미 지역과 태평양 개척에도 많은 도움이 되고 있고요. 그래서 본토는 물론이고 하와이와 사이판에 통조림 공장을 건설했으며, 북미에도 대규모 공장을 가동하고 있는 거예요."

총참모장이 질문했다.

"저하! 뉴올리언스에 통조림 공장이 만들어졌다는 말을 들었습니다. 맞는 정보입니까?"

"맞아요. 통조림 공장이 가동된 지 꽤 되었어요."

"그러면 뉴올리언스와 루이지애나도 본격적으로 개발하겠군요."

"그래야지요. 그러나 지금은 북벌이 우선이에요. 그래서 북벌이 끝나면 북미 이주민의 절반은 루이지애나로 이주하게 될 겁니다. 그런 이주민 중에는 북벌에 참여한 장병들이 대대적으로 포함될 것이고요."

백동수가 질문했다.

"참전 용사들이 북미 이주를 하면 엄청난 특전을 준다는 소문이 있습니다. 저하께서는 어느 정도를 예상하고 계시는지요."

"지금 계획으로는 병사들이 하루를 걸어서 돌아올 면적을 무상 공급할 예정입니다."

백동수가 깜짝 놀랐다.

"예? 그렇게나 많은 땅을 무상으로 지급한다고요?"

총참모장이 대번에 문제를 제기했다.

"저하! 그렇게 넓은 땅을 무상으로 공급하는 게 가능한 일이옵니까? 잘못 말했다가 땅이 부족하면 엄청난 반발에 직면할 수 있사옵니다."

세자가 웃으며 고개를 끄덕였다.

"걱정 말아요. 땅은 충분히 넓으니 부족할 일은 없습니다. 여러분들이 생각하는 것보다 루이지애나는 무지막지하게 넓답니다."

"그렇군요. 그런데 그런 혜택을 주면 일반 이주민하고 너무 차이가 나는 건 아닐는지요."

세자가 고개를 저었다.

"그렇지 않아요. 일반 이주민도 기본이 3만 평이에요. 그런데 앞으로는 여기에 부모를 모시거나 아이가 넷 이상이 되면 면적이 배가되면서 최대 9만 평까지 분할받도록 추가될 거예요. 그 정도면 모든 가족이 충분히 생활할 수 있어요."

"아! 그렇습니까?"

"그리고 목숨을 걸고 참전한 장병들에게 그 정도의 특혜는 주어야 한다고 생각해요."

참모장은 궁금했다.

"땅만 충분하다면 좋은 일이지요. 병사들이 이 소식을 들으면 정말 기뻐할 것입니다. 그런데 왜 아직까지 공표를 하지 않은 것인지요?"

"효과를 극대화하기 위해서입니다."

총참모장이 탄성을 터트렸다.

"아! 가장 어려울 때 발표하시려는 거로군요."

"그렇습니다. 그러니 총참모장도 최적의 시기라는 판단이 들면 저에게 공표를 건의하도록 해요."

"그렇게 하겠습니다."

백동수가 흐뭇해했다.

"고생한 장병들에게 그런 대우를 해 준다면 누가 저하를 우러러보지 않겠사옵니까? 소장은 그런 상황을 생각만 해도 기분이 좋습니다."

"꼭 그렇게 되도록 해야지요."

"물론입니다."

총참모장이 질문했다.

"저하께서는 북벌이 오래 걸리지 않을 거라고 예상하고 계시나 보옵니다."

"그래요. 작은 부분에서는 여러 변수가 발생하겠지요. 그러나 큰 틀로 보면 얼마 걸리지 않을 거예요. 장성 이북은 금년 내로 수복을 해야 하고요."

"저희 참모부도 그런 예상을 하고 작전 계획을 수립하기는 했습니다. 하지만 전쟁이란 어떤 변수가 나타날지 몰라 걱정입니다."

세자가 싱긋이 웃었다.

"너무 걱정하지 말아요. 10년을 고심하며 세운 계획입니다. 효종대왕까지 올라가면 무려 200여 년의 세월이고요. 전장에 변수가 아무리 많다고 해도 충분히 감내할 수 있을 겁니다."

세자가 총참모장을 바라봤다.

"그러기 위해서는 총참모부가 더 노력해야 할 것이고요."

총참모장이 다짐했다.

"저하의 기대에 절대 어긋나지 않도록 최선을 다하겠습니다."

"고마운 말이네요."

백동수가 일어났다.

"저하! 그만 일어나시지요. 요동 벌판이 얼마 남지 않았습니다."

"그럽시다."

세 사람이 동시에 전진했다.

그렇게 얼마를 나아갔을 때였다.

"요동 벌판이다!"

"우와! 대단하다! 끝이 보이지가 않아!"

조선군은 행군 자체가 이전과는 완전히 달라져 있었다. 이전에는 걸으면서 쉼 없이 옆 사람과 대화를 할 정도로 기강이 해이했다.

그러나 지금의 조선군은 행군 중에는 일체 대화를 하지 않았다. 그렇게 철저히 훈련받은 조선군도 갑자기 나타난 요동 벌판이 크게 술렁였다.

그러자 지휘관들이 소리쳤다.

"잡담 금지! 누가 행군 중에 입을 여는 것이냐?"

"입을 다물라! 행군 중에 입은 오직 숨을 쉴 때만 열어야 한다!"

곳곳에서 지적이 터져 나왔다.

그러자 환호하던 병사들은 이내 입을 다물고 행군을 이어

나갔다. 그 바람에 잠깐 흐트러졌던 군기가 이전보다 더 엄정해졌다.

세자도 이런 분위기에 맞춰 요동 벌판을 보고서도 뭐라 하지 못했다. 그러나 끝없이 펼쳐진 요동 벌판의 장관에 말을 멈출 수밖에 없었다.

이원수가 그런 세자의 말고삐를 잡아 대열에서 이탈했다. 그것을 본 백동수와 지휘부도 세자를 따라 이동했다. 대열에서 완전히 벗어나자 이원수가 말을 멈췄다.

"송구합니다. 저하께서 주변을 살피고 내려가시는 게 좋을 거 같아 이리로 모셨습니다."

"잘했어요. 그렇지 않아도 요동 벌판을 내려다보고 싶었습니다."

세자가 말을 조금 더 이동했다. 그런 세자의 발아래로 드넓은 요동 벌판이 광활하게 펼쳐졌다.

"아!"

백동수도 탄성을 터트렸다.

"대단하네요. 1,200리 벌판이라고 하더니 지평선이 끝도 없습니다. 말로만 듣던 요양의 백탑도 발아래로 굽어보이고요."

세자는 말없이 고개만 끄덕였다.

가슴에서 뜨거운 기운이 치밀어 올라 목청껏 소리치고 싶었다. 그러나 이제 겨우 첫발을 내디딘 북벌이었기에 자중하고 또 자중했다.

'그래, 아직은 감상에 젖을 때가 아니다. 내가 흐트러지면 당장 기강이 문제가 된다.'

세자가 거듭해서 마음을 다잡았으나 다른 사람들은 달랐다. 대부분의 사람들은 연신 탄성을 터트리면서 요동 벌판을 바라봤다.

백동수가 격한 심정을 토로했다.

"저 드넓은 요동 벌판이 전부 우리의 고토입니다. 어떤 대가를 치르더라도 반드시 되찾아야 할 우리의 땅입니다."

세자도 이 말에는 동조했다.

"맞습니다. 반드시 되찾아야 하는 우리의 고토입니다."

모든 사람이 하나같이 소회를 밝혔다. 그 바람에 주변이 잠시 소란했으나 그조차도 세자는 좋았다.

세자는 한동안 그 자리에 서 있었다.

1군은 요양에서 얼마 떨어지지 않은 벌판에 진형을 펼쳤다. 그러고는 모든 장병에게 이틀간 푹 쉬게 하며 여독을 풀게 했다.

장병들이 휴식을 취하는 중에도 지휘관들은 쉬지 않았다. 이들은 요양 공략을 위한 각종 회의로 이틀의 시간을 짧게 보내야 했다.

그리고 사흘 후.

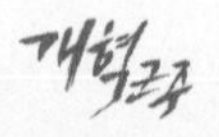

가장 먼저 포병이 전진 배치되었다.

고구려 시절 요동으로 불리던 요양은 평지에 세워진 성이다. 주변으로 태자하太子河가 흐르고 있어서 그 물줄기를 끌어들여 해자垓字를 만들었다.

요양은 요동 최고의 요충지로 온갖 물산이 모이는 곳이다. 과거 누르하치가 후금을 건국한 뒤 요양을 정복하면서 나라의 초석을 다졌을 정도다.

그런 요양은 성벽도 높고 해자도 넓다. 여기에 북쪽으로 외성이 따로 있어서 방어에도 유리하다.

포대가 전진 배치하려면 시간이 필요했다. 그동안 1군 사령관 류성훈이 참모들과 요양을 둘러봤다.

"듣던 대로 성벽이 상당히 높구나."

1군 참모장이 동조했다.

"해자도 상당하네요. 이 정도면 거의 개천이라고 해도 과언이 아닐 정도입니다."

다른 참모가 거들었다.

"누르하치가 요양을 공략할 때 그래서 가장 먼저 해자부터 메웠다고 합니다."

1군 사령관도 인정했다.

"그랬을 거야. 해자를 건널 수 있는 건 사방에 놓인 다리뿐이니 대규모 공격을 위해서는 그게 최선이었겠지."

"그런데 우리는 정녕 해자를 메우는 작업을 하지 않아도 됩니까?"

1군 사령관이 참모를 꾸짖었다.

"이미 결정된 작전 계획이다. 그런 계획을 이제 와서 반문하면 어떡하자는 말이야?"

참모가 급히 몸을 숙였다.

"송구합니다. 저는 혹시 포격이 실패할 경우를 생각해서 말씀을 드렸을 뿐입니다."

"우리의 공성전이 과거와 다르다는 점은 알고 있겠지?"

"물론입니다."

"과거의 화포는 소리만 요란했지 실질적인 위력은 약했다. 그래서 적당한 포격을 한 후 병력을 동원해 공성전을 펼쳐야 했다. 그러나 지금 우리는 최강의 화력을 보유하고 있다. 그래서 보유한 화력을 적극 활용해 요양을 공략할 예정이다. 그런 우리로서는 장병들의 희생을 강요하는 일을 구태여 벌일 필요는 없다."

참모가 거듭 고개를 숙였다.

"공연한 말씀을 올려 죄송합니다."

"아니다. 건의할 안건이 있다면 당연히 해야 하는 것이 참모의 본분이다. 하지만 건의도 때와 장소가 있다는 점을 명심하라. 지금은 총참모부의 계획에 따라 전력을 다해 포격전을 감행할 때다."

"예, 알겠습니다."

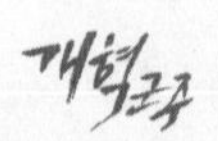

1군은 직할로 기병여단을 두고 있으며 2개 군단이 휘하에 있다. 군단은 다시 3개 사단씩이 편재되어 있으며, 각 사단에는 포병여단이 포진되어 있다.

포병여단은 4개의 포병대대와 1개의 표적획득대대로 구성되어 있다. 1개의 포병대대에는 20문의 야포가 배정되어 있다.

그런 480문의 야포가 요양을 에워쌌다.

공격이 임박하자 요양도 분주해졌다.

요양의 성벽은 높이가 30여 미터, 폭이 10여 미터다. 이런 성벽은 심양성보다 훨씬 높고 넓었다.

그런 성벽에 청군이 빼곡하게 들어찼다. 여기에 성가퀴의 사이사이에 화포도 간간이 보였다.

1군 사령관이 망원경으로 적정을 살폈다. 요양성은 태자하 서안의 충적평지에 자리하고 있다.

오래전부터 전략 요충지였던 요양은 성이 넓어 한 바퀴 도는 데 꽤 시간이 걸렸다. 이러는 동안 포대의 배치가 완료되었다는 보고가 들어왔다.

1군 사령관이 지시했다.

"계획대로 삼면을 포위해서 참호를 파라."

궁서설묘窮鼠囓猫란 말이 있다.

쥐도 궁지에 몰리면 고양이를 문다는 의미다. 북벌을 시작한 조선군은 처음부터 병력을 많이 소모할 생각이 없었다.

그런 기조로 인해 요양의 청군을 전멸시킬 계획이 없었다.

그래서 청군이 도주할 수 있도록 북쪽 성문은 비워 둔 채 삼면에 병력을 배치했다.

지시가 떨어지자 보병이 움직였다.

청나라의 주력 화포는 홍이포紅夷砲다. 이 포는 명나라 후기에 네덜란드로부터 도입되었다.

청나라의 주력은 기병이다.

그래서 본래는 소총이나 화포와 같은 화기에 대해서는 별 관심이 없었다. 그러다 결정적인 전기가 마련되면서 이런 기조가 바뀌게 되었다.

청나라 건국 초기 누르하치가 영원성을 공략했다 실패했었다. 그 영원성 전투에서 홍이포는 놀라운 위력을 발했다.

누르하치는 이 전투에서 입은 부상으로 결국 사망했다. 이후 태종도 영원성에서 패전하면서 청나라는 화포의 위력을 절감했다.

이때부터 청나라는 적극적으로 화포를 도입했다. 그러나 명나라를 멸망시키고는 이내 개량과 발전을 등한시해 버렸다.

그래서 아직도 주력이 홍이포다.

홍이포의 유효사거리는 700미터 남짓으로, 최대사거리도 2킬로미터를 넘지 않는다. 이런 사정을 알고 있던 조선군은 2천 미터 정도에다 참호를 팠다.

조선군은 모든 병사에게 야전삽이 지급되어 있었다. 여기에 사단 병력이 교대로 작업을 하니 참호가 순식간에 만들어지고 있었다.

세자가 작업 속도를 보고 놀랐다.

“대단하네요. 우리 병사들이 참호 작업을 저렇게 잘할 줄은 몰랐습니다.”

백동수가 미소를 지으며 설명했다.

“지겹게 반복했던 훈련 덕분이지요. 우리 병사들은 이때를 대비해 거의 매일 참호를 파는 훈련을 해 왔습니다. 덕분에 저렇게 야전삽을 자신의 분신처럼 다룰 수 있게 되었고요. 그 모두가 저하께서 지시하신 사안이지 않습니까?”

“그건 그렇습니다만 저 정도로 능숙해질 줄은 몰랐네요.”

세자가 놀랄 정도로 병사들의 참호 작업 속도는 빨랐다. 덕분에 참호는 물론 교통호까지 만들어지는 데 한 시간이 채 걸리지 않았다.

유럽과의 교류가 시작되면서 시계도 대량으로 들여왔다. 시계가 보급되면서 조선의 하루도 스물네 시간으로 세분화되었다.

시계만 보급된 것이 아니다.

교류가 증대되면서 시계 기술자들도 상당수 영입되었다. 이들의 도움으로 조선도 시계를 생산해 낼 정도로 정밀 기술이 급격히 발전하고 있었다.

북벌을 준비하면서 세자는 회중시계를 대량으로 생산하게 했다. 그래도 부족한 부분은 시계기술이 발달한 영국에서 대량으로 수입했다.

이렇게 수입한 회중시계는 전량 군의 주요 간부들에게 보급했다. 덕분에 조선군의 포격은 동시에 정확하게 진행되었다.

쾅! 쾅! 쾅! 쾅!

드디어 포격이 시작되었다.

첫 번째 포격 목표는 성벽이 아니었다. 조선군의 포격은 성벽 위의 청국 병사에게로 향했다.

요양도 조선군의 포격에 대비하기는 했다. 그러나 자신들의 화포 사거리보다 몇 배나 먼 거리에 대포가 포진한 것을 보고는 방심했다.

그런 방심이 치명적인 결과를 초래했다.

꽝! 꽈꽝! 꽝!

조선군 포대에서 쏘아진 고폭탄의 절반 이상이 성벽에 포진한 청군을 정확히 타격했다. 나머지 포탄도 성벽을 넘어 성벽 아래에 대기하고 있던 청군에 쏟아졌다.

청군은 경악했다.

청군은 지금까지 포환만을 경험했었다. 그런 이들에게 폭발해 비산하는 고폭탄은 재앙이었다.

고폭탄의 위력은 무시무시했다.

성벽 방어를 위해 집중해 있는 청군은 포탄 한 발에 수십 명이 죽어 나갔다. 그런 공격을 당하는 것만 해도 경악스러운데 타격까지 정확했다.

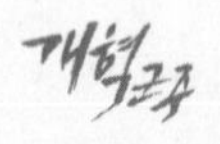

포격이 이어지면서 엄청난 병력이 갈려 나갔다.

조선군의 포격은 융단처럼 진행되었다. 처음 성벽 위를 공격하던 포격이 차츰차츰 성내로 넘어갔다.

요양성은 요동 최고의 전략 요충지다.

그래서 여느 성보다 성벽이 높고 성의 규모도 컸다. 그러나 이러한 성벽의 이점이 조금도 도움이 되지 않았다.

조선군의 신형 대포는 사거리가 5킬로미터 남짓이다. 그런 대포 480문이 삼면에서 공격을 가하니 포격을 피할 방법이 없었다.

무시무시한 포격이 순차적이고 무차별적으로 이어졌다. 포격이 거듭되면서 요양 성내는 사방에서 불길이 치솟았다.

조선군의 북진 소문은 한 달여 전부터 요동에 퍼져 있었다. 많은 주민이 요서 방면으로 피난을 떠났으며, 피난하지 못한 사람들은 요양으로 대거 대피해 있었다.

그런 요양에는 수많은 한족과 만주족이 피신해 있었다. 그러나 아쉽게 조선군의 포격은 피난민이라고 해서 비켜 가지 않았다.

요양에는 피난민도 많았지만, 주변의 작은 성에서 긁어모은 청군도 상당수 있었다. 그런 청군도 거듭되는 포격에 피해는 급격히 중첩되어 갔다.

꽝! 콰쾅! 꽝! 꽝!

시간이 지날수록 피해가 누적되었다. 까맣게 몰려 있던 성벽 위의 병력은 대부분 사라지고 온통 피로 물들었다.

그럼에도 포격은 그칠 기색이 없었다.

청군도 당하고 있지만은 않았다.

조선군의 포격이 시작되면서 이들도 포격으로 대응했다. 그러나 유효사거리 밖에 있는 조선군을 향한 청군 포격은 아무런 효용이 없었다.

그렇다고 성문을 열고 기병을 내보낼 수도 없었다. 해자가 그대로여서 청군 기병은 오로지 해자 다리를 통해서만 밖으로 나올 수 있었다.

그런 청군을 참호를 파고 포위하고 있는 조선군이 그냥 둘리가 만무했다. 이런 문제가 겹치면서 청군은 조선군이 때리면 때리는 대로 맞아야 했다.

포격이 이어지면서 공포심도 확산되었다. 공포심은 전염성이 강해 순식간에 번져 나갔다.

그러다 공포심을 이기지 못한 피난민들은 북문으로 몰려갔다. 이들은 성문을 지키는 병사들에게 문을 열어 달라고 통사정했다.

"으아! 성문을 열어!"

"나는 죽고 싶지 않아!"

"문을 열어 주세요!"

공포심에 짓눌린 청국 백성들은 통사정을 했다.

그러나 북문을 지키는 청군 장수는 냉정했다.

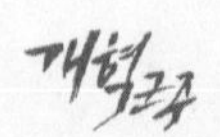

"모두 돌아가라! 명령이 떨어지기 전에는 절대 성문을 열지 못한다. 그러니 어서 돌아가 대피하도록 하라!"

청나라 백성이 사정했다.

"수문장 대인! 보시다시피 조선군의 포격이 너무 강렬합니다. 그런 포격을 피할 곳은 성안 어디에도 없사옵니다. 하오니 제발 우리가 대피할 수 있도록 성문을 열어 주십시오."

이 말이 신호라도 되는 양 모여든 청국 백성들이 울부짖었다.

그러나 청군 수문장은 단호하게 칼을 뽑아 들었다.

"돌아가라! 돌아가지 않는다면 즉참하겠다."

그러나 위협은 통하지 않았다.

청국 백성들은 수문장의 위협에도 굴하지 않고 더 많이 몰려들었다. 보다 못한 수문장의 옆에 있던 무장이 하늘을 향해 총을 쐈다.

탕!

순간 북문 주변이 조용해졌다. 그 순간 수문장이 목소리를 높여 다시 경고했다.

"돌아가라! 만일 돌아가지 않는다면 지위 고하를 막론하고 즉결 처형하겠다."

그 순간 북문을 지키던 수백의 병사들이 일제히 총구를 들었다. 조선군을 향해야 할 청군의 총구가 자국 백성을 향한 것이다.

분노한 누군가가 소리쳤다.

"도대체 그대들은 어느 나라 병사들이오? 조선군과 당당히 맞싸워야 할 위대한 청군이 어찌 총구를 우리에게 겨냥한단 말이오?"

청군 병사들은 순간 주춤했다. 수문장도 백성의 꾸짖음에 얼굴을 붉혔으나 분연히 소리쳤다.

"우리도 이러고 싶지 않다. 그러나 지금 상황에 성문을 열면 요양 방어는 그것으로 끝장이다. 그대들도 요양성이 군사적으로 얼마나 중요한지 모르지 않을 거다. 그러니 우리를 더 이상 힘들게 하지 말고 돌아가라! 병사들은 총을 확실히 다잡아라!"

그의 지시에 청군 병사들도 총구를 높였다. 그 모습을 본 청국 백성들은 절망하며 좌절했다.

그럼에도 대부분 돌아가지 않았다.

아니, 돌아갈 수가 없었다.

조선군이 일부러 북쪽을 포위하지 않았다. 여기에 일정 지역까지는 포격도 하지 않고 있어서 북문 주변이 가장 안전했다.

시간이 지날수록 북문 주변으로 사람들이 더 몰려왔다. 그와 함께 북문을 방어하는 청군 병력의 압박감은 가중되어만 갔다.

사람들이 많아지면서 잦아들었던 원성이 다시 터져 나오기 시작했다. 비판과 원성을 들으면서 수문장의 속은 바싹바싹 타들어 갔다.

조선군의 포격 위력이 상상 이상이란 사실을 수문장도 모르지 않았다. 그래서 내심으로는 백성들을 위해 성문을 열고 싶었다.

그러나 군령을 어길 수는 없었다.

그는 속으로 분통을 터트렸다.

'빌어먹을! 백성들이 이렇게 몰려드는데 일개 수문장인 나보고 어쩌라는 거야. 성주가 아니면 책임 있는 장수라도 나서야지. 도대체 어디서 무엇을 하고 있는데 아무도 나타나지 않는 거야.'

수문장이 이렇듯 찾고 싶은 성주와 청군 주요 장수들은 북문에 올 수가 없었다. 첫 포격 당시 이들은 조선군 주력이 집결한 남문 성루에 모여 있었다.

그런 성주와 청군 주요 장수들은 조선군의 첫 포격에 대부분 폭사했다. 폭사를 면한 사람도 일부는 있었으나 그조차 전부가 중상이었다.

이렇듯 초전부터 지휘부를 상실한 청국은 우왕좌왕할 수밖에 없었다. 그 바람에 북문이 북새통이 되었어도 누가 나서서 정리해 주지 못했다.

주변에서 수십만의 피난민을 받아들인 요양이었다. 그런 상황에 무차별 포격이 가해지니 피난민들에게 성벽은 오히려 걸림돌이 되었다.

몇 시간의 포격이 이어지면서 수많은 사람이 속수무책 갈려 나갔다. 성안은 온통 포화의 불길로 뒤덮이면서 피난민들은 북문 방면으로 몰릴 수밖에 없었다.

이뿐이 아니었다.

지휘부가 유고된 청군 병력은 그저 오합지졸에 불과했다. 가뜩이나 무력했던 병사들은 강력한 포격이 이어지면서 사기마저 급전직하했다. 처음에는 그래도 위치를 고수하던 병사들도 포격을 피해 하나둘 북문으로 몰려들었다.

수문장은 그럼에도 결연하게 성문 수호를 외쳐 댔다. 그러나 시간이 흘러 일반 백성은 물론 청군 병사들이 모여들면서 급격히 흔들렸다.

그런 그에게 동료 무관이 달려왔다.

"이보게. 더 이상 성을 방어하는 건 무의미해. 그러니 그만 성문을 열도록 하게."

수문장이 고개를 저었다.

"그럴 수 없네. 나는 북문을 사수하라는 성주님의 명을 받았어. 무관인 내가 그런 명령을 어찌 무시할 수 있단 말인가?"

청군 무관이 고개를 저었다.

"이 사람, 아직도 상황 파악을 못 하고 있구나. 지금 성주님은 물론 주요 장수들 모두 죽거나 중상을 입었다네."

수문장이 크게 놀랐다.

"뭐라고? 그게 사실인가?"

"그래. 그렇지 않았다면 벌써 병력이 추가되었거나 다른

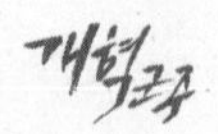

지시가 떨어졌겠지."

수문장은 그제야 이해가 되었다.

"아! 그랬구나. 그래서 이렇게 오랜 시간이 지났음에도 아무런 지시가 내려오지 않았어."

"자네는 지금까지 충분히 임무를 완수했네. 그러니 이제 그만 성문을 열도록 하게."

청국 무장이 손으로 뒤를 가리켰다.

"저기를 보게. 자네의 처분만 기다리고 있는 인명이 수천, 아니 수만, 수십만이야. 그런데도 명령 타령만 할 터인가?"

수문장이 주변을 둘러봤다. 그런 그는 원망과 애원이 담긴 수많은 눈길을 보고는 이내 질린 표정이 되었다.

그런 수문장을 청군 무장이 다시 설득했다.

"귀관만이 저들을 구할 수 있네. 그러니 어서 결단을 내려 주게."

고심하던 수문장이 결국 동의했다.

"알겠네. 그렇게 하겠네."

청군 무장이 소리쳤다.

"수문장이 승낙했다! 어서 성문을 내리도록 하라!"

철컹! 크르릉!

청군 무장의 말이 끝나기도 전에 성문을 지키던 병사들이 도르래를 힘차게 돌렸다. 둔중한 쇠사슬 소리와 함께 문이 내려갔다.

그것을 본 청국 백성들이 환호했다.
"와! 드디어 문이 열린다!"
"살았다!"
"만세!"
성문을 지키는 병사들도 벌써부터 성문을 내리고 싶었다. 그러나 칼을 빼 들고 있는 수문장의 서슬에 누구도 나서서 문을 열자고 권유하지 못했다.
그러다 수문장의 승낙에 누가 먼저라 할 것도 없이 문을 여는 장치를 힘차게 돌렸다.
쿵!
북문이 열리자 대기하고 있던 청국 백성들이 쏟아져 나갔다. 그렇게 성을 나간 이들은 북쪽이 아닌 서쪽으로 도주했다.
조선군은 일부러 북쪽을 열어 두었다.
지금의 요양성은 명나라 시절 건설되었다. 그런 요양성은 북방 외적의 침입을 막기 위해 북쪽에 외성까지 별도로 건설해 놓고 있었다.
그만큼 명나라는 몽골의 침략과 여진의 통합을 극도로 경계했었다. 아울러 조선이 여진과 힘을 합치는 것도 경계해 온갖 이간책을 구사했다.
명나라가 북원을 상대하면서도 이렇듯 조선과 여진을 경계한 데에는 이유가 있었다.
이전부터 요동을 북방 세력이 통일하면 반드시 대륙을 노

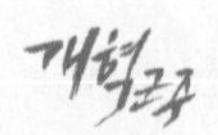

렸다. 그리고 그러한 노림은 대부분 성공을 거둬 대륙 왕조를 무너트리거나 결딴내 왔다. 그래서 명나라는 항상 조선과 여진을 경계하면서 요양을 요동 최고의 군사거점으로 육성했었다.

조선군의 화력이 강하다고 해도 이런 요양을 무력만으로 함락시키는 건 무리가 따른다. 그래서 철저하게 포격전을 감행하면서 청군이 스스로 무너지도록 유도했었다.

다행히 이런 공략 작전은 성의 지휘부가 초반에 몰살하면서 대성공을 거뒀다. 그런데 성을 빠져나온 청나라 백성들의 도주로가 이상했다.

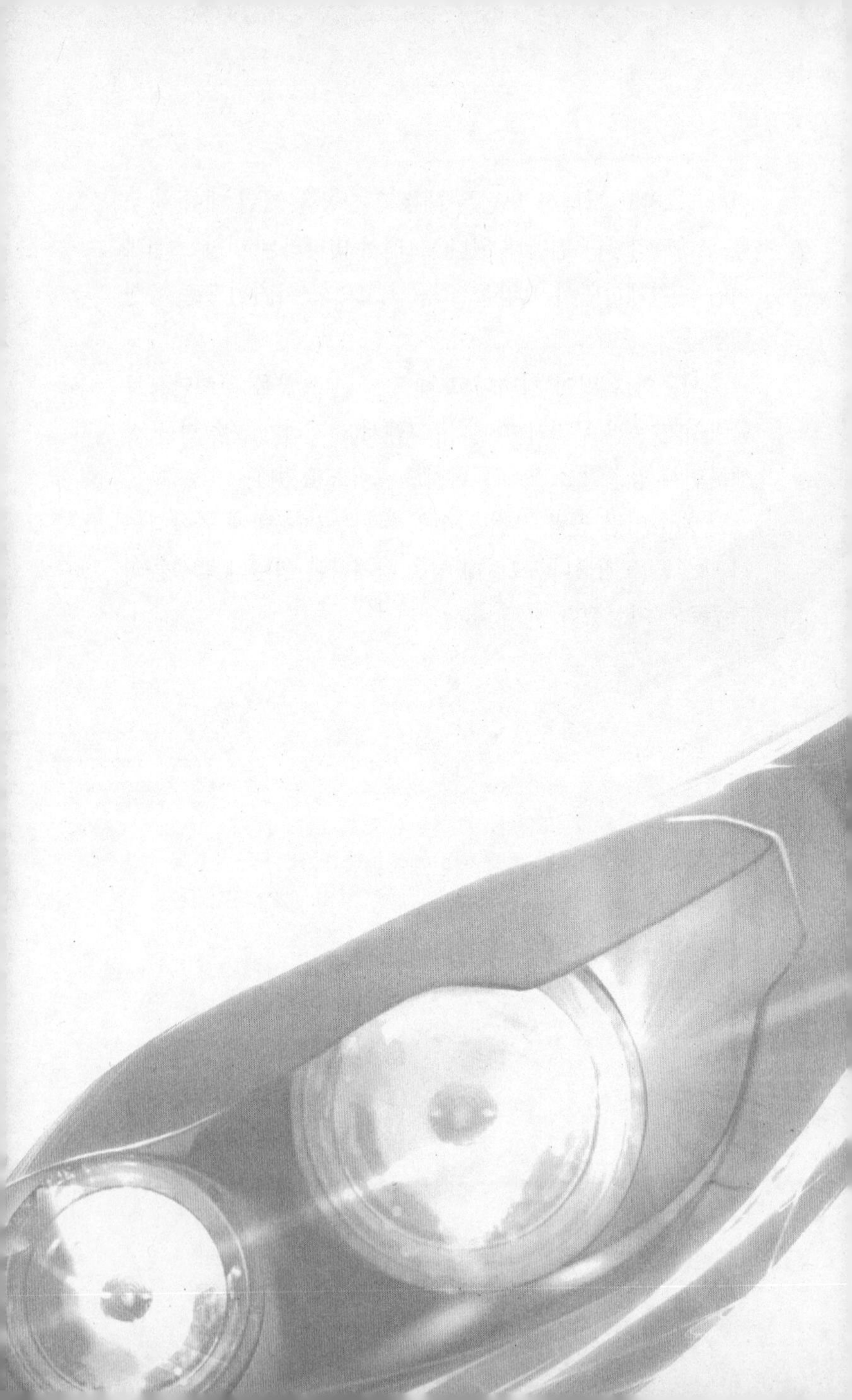

심양절전

세자는 포격전이 진행되는 내내 전장을 떠나지 않고 있었다. 그러다 북문이 열리고 청나라 백성들이 도주하는 모습을 보며 의아해했다.

"아니! 저게 어떻게 된 일이지요? 우리가 북문을 비운 까닭은 저들이 심양으로 도망가기를 바란 거였습니다. 그런데 어떻게 심양이 있는 북쪽이 아니라 대부분이 서쪽으로 도망을 치는 거지요?"

백동수도 의아해했다.

"그러게 말입니다. 여기서 심양까지 200여 리입니다. 그래서 북쪽으로 도주하면 하루면 심양에 도착합니다. 그러라고 일부러 북문 방면을 열어 두었는데 요하 쪽으로 도주하는군요."

총참모장이 나섰다.

"우리가 북문을 비워 둔 까닭은 가까운 심양으로의 도주를 쉽게 하려는 의도였습니다. 그래야 요양에서 결사 항전하지 않을 거라고 예상했기 때문이지요. 그런데 가까운 심양을 버려두고 서쪽으로 도주하는 까닭은 오직 하나입니다."

세자가 질문했다.

"그 이유가 뭐지요?"

"청국 백성들이 심양 병력으로 우리를 이길 수 없다는 생각을 한 것입니다. 그래서 바로 옆의 심양을 버리고 요하 방면으로 도주를 택한 겁니다. 소장이 보기에 저 피난민들은 계속 도주해서 아예 만리장성을 넘어갈 것 같습니다."

백동수가 동조했다.

"충분히 일리가 있는 분석입니다. 심양의 청군이 우리를 막아 낼 수 있다는 생각을 했다면 저들은 구태여 멀고 먼 피난길을 나설 이유가 없을 겁니다."

"그렇습니다. 그리고 저들의 피난은 의외의 성과가 나타날 가능성이 높습니다."

"의외의 성과라니요?"

"저들은 피난하면서 우리의 군사력을 적극 알릴 것입니다. 그리고 말은 불어나게 마련입니다. 그렇게 침소봉대된 소문을 들은 요동과 요서의 한족들은 아마도 대거 피난길에 오를 공산이 큽니다."

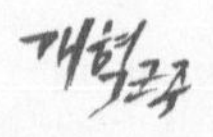

백동수가 적극 동조했다.

"지금은 추수가 막 시작되는 시기입니다. 아마도 소문이 침소봉대되면 한족들은 서둘러 추수를 해서는 피난 대열에 합류할 공산이 큽니다."

세자의 입꼬리가 올라갔다.

"그렇게만 된다면 금상첨화네요. 일부러 인종 청소를 하지 않아도 되어서 민심 이반도 줄일 수 있겠네요."

총참모장도 기대감을 나타냈다.

"분명 그렇게 될 것입니다."

"흐음!"

서전에 이어 요양 공략도 대성공을 거뒀다. 특히 요양은 포격전의 진수를 보여 주며 아군의 피해가 전무한 대승이었다.

조선군은 그런 승전의 기쁨을 나누며 성이 비워질 때까지 하루를 기다렸다. 그리고 다음 날, 수색대를 먼저 보내 성내를 둘러보게 했다.

하루의 시간을 주었음에도 성내에는 의외로 많은 사람이 남아 있었다. 요양이 고향인 노인들과 아녀자들, 그리고 부상을 당해 이동이 어려운 청군 병사들이 그들이었다.

조선군은 그들로 하여금 성을 정비하게 했다. 이렇듯 1군이 요양을 수습하고 있을 때 기병군단에서 전령이 달려왔다.

세자는 전령을 직접 접견했다.

"충! 중위 홍경래가 세자 저하를 뵙습니다."

세자가 반색을 했다.

"홍 중위가 전령으로 왔구나."

세자는 여의도 육군무관학교에서 홍경래를 처음 만났다. 그 후 몇 번의 만남을 가지며 인연을 이어 오고 있었다.

홍경래도 반갑게 답례했다.

"그렇사옵니다. 그보다 먼저 요양 전투에서 대승을 거두신 것을 하례드리옵니다."

"오! 벌써 소문이 난 거야?"

"예, 저하. 소장이 심양을 지나오는데 다수의 피난민이 보였습니다. 그래서 동행한 병사를 시켜 그들 중 글을 아는 자를 잡아 오게 해서 상황을 확인했사옵니다."

세자가 흡족해했다.

"적의 동태를 살피는 일은 반드시 해야 할 책무이지. 잘했어. 그런데 무슨 소식을 갖고 온 건가? 혹시 낭보朗報야?"

"그렇사옵니다. 우리 기병은 병력을 2개 군단으로 나눠 3군의 도움을 받아 흑룡강과 길림을 각각 공략했습니다. 다행히 그런 공략이 성공을 거둬 각자가 맡은 지역을 평정하였으며, 두 지역의 거점인 영고탑과 훈춘도 점령했사옵니다."

영고탑과 훈춘은 흑룡강장군과 길림장군의 본거지였다. 그런 전략 요충지를 점령했다는 보고에 세자가 크게 기뻐했다.

"대단한 전공을 세웠구나. 전쟁이 시작되고 이제 겨우 이

십여 일이다. 그런데 그 짧은 시간에 흑룡강과 길림을 평정했다는 말이더냐?"

"그러하옵니다."

홍경래가 공손히 보고서를 바쳤다.

세자가 보고서를 읽은 동안 백동수가 기뻐하며 가세했다.

"저하! 감축드리옵니다. 기병의 두 지역 평정은 봉금령 이북의 만주를 우리가 수복했다는 말과 다르지 않습니다."

총참모장과 참모들이 다투어 하례했다.

세자가 그들의 인사를 받으며 손을 들었다.

"고마운 말씀이에요. 그러나 하례를 받기는 아직 이릅니다. 청나라의 배도인 심양은 요양보다 몇 배의 병력이 집결해 있다고 합니다. 이런 심양을 평정해야만 진정으로 만주를 수복했다고 할 수 있습니다."

세자가 홍경래를 바라봤다.

"기병군단은 어떻게 움직인다고 하더냐?"

"아직 잔적을 완전히 소탕한 것이 아닙니다. 그래서 지역을 순회할 일부 병력을 제외한 병력을 심양으로 보내기로 했습니다. 그리고 두 지역에서 노획한 말이 많아 3군의 일부 병력에도 말이 지급되었습니다."

3군은 함경도와 강원도 병력이 주력이다.

이런 병력 중 말을 탈 수 있는 자원이 의외로 많았다. 그렇다고 기병처럼 운용할 수는 없지만 이동할 때는 크게 도움이 되었다.

세자가 반색을 했다.

"그렇다면 3군의 기동력이 크게 증가되겠구나."

"예, 그래서 지역을 평정하는 기병여단을 적극 도울 수 있게 되었습니다."

"고마운 일이구나. 기병사령부의 본진은 어디에 터를 잡았지?"

"장춘입니다. 소장도 장춘에서 오는 길입니다."

"그렇구나. 그런데 카자크 병력은 어떻게 되었느냐?"

"카자크 기병대는 1군단을 도와 북방 요새들을 평정하고 있습니다. 그 임무가 거의 끝나고 있어서 불원간 심양으로 내려올 것이옵니다."

세자가 흡족해했다.

이어서 백동수가 나서서 향후 일정과 지시 사항을 알려 주었다. 지시를 받은 홍경래는 군례를 올리고는 장춘으로 돌아갔다.

전령을 배웅한 세자가 보고서를 건넸다. 기병의 보고서는 백동수를 비롯한 지휘부가 회람했다.

백동수가 핵심을 짚었다.

"쉽게 승리한 게 이유가 있었군요. 두 지역의 병력이 수천에 불과했네요. 적은 병력은 아니지만, 성에 화포가 없어서 공략이 쉬웠을 겁니다."

총참모장이 거들었다.

"청나라의 자만이지요. 청나라는 자신들의 기병만으로도 충분히 외적을 막아 낼 수 있다고 생각했었나 봅니다."

백동수가 동조했다.

"그랬을 거야. 고구려와 발해가 망한 뒤로 만주는 거의 여진의 땅이 되었네. 그런 만주를 대륙 왕조가 공략한 적은 한 번도 없었지. 그러다 청나라가 대륙까지 평정했으니 자만심이 많았을 거야. 유일하게 만주를 점령했던 몽골은 자신들과 같은 북방의 기병 세력이었고 지금은 형제나 다름이 없으니 예외이고 말이야."

"그렇습니다."

세자가 정리했다.

"청나라의 그러한 오만이 우리에게는 더없이 좋은 기회가 되었습니다. 덕분에 우리의 포격전에 이은 공성전을 청군이 버티지 못하고 속수무책 무너진 것이고요."

총참모장이 바람을 숨기지 않았다.

"심양도 그랬으면 좋겠습니다. 물론 그렇지 않다는 걸 모르는 사람은 없지만요."

세자가 고개를 저었다.

"이번에는 조심해야 해요. 우리 요원이 조사한 바에 따르면 심양의 방어 병력은 이만이 넘는다고 했습니다. 그게 한 달여 전의 상황이니 지금은 분명 그보다 숫자가 많을 겁니다. 우리 병력이 그보다 훨씬 많다지만 결코 안심할 상황이 아닙니다.”

백동수도 인정했다.

“지금까지와는 상황이 전혀 다를 겁니다. 요양과 달리 심양은 철저하게 굴복시켜야 합니다. 그래야 주변의 만주족이 삿된 생각을 갖지 못하게 됩니다. 그러나 그렇게 하려면 우리도 상당한 피해를 감수해야 할 겁니다.”

세자가 주변을 추슬렀다.

“완전무결한 전쟁은 없습니다. 전쟁이 벌어지면 아군의 피해는 감수할 수밖에 없고요. 다행히 우리는 청군을 압도하는 화력을 보유하고 있으니 적어도 허무한 전과는 거두지 않을 겁니다.”

모두의 표정이 굳어졌다. 지휘관들은 심양에서의 전투를 생각하면서 고심을 거듭했다.

요양을 수습하는 동안 1군 본진은 다시 이동을 시작했다. 1군은 요양에 1개 사단만을 주둔시키고는 전 병력을 심양으로 이동했다.

요양에서 심양까지는 200여 리다.

요하遼河는 북방에서 가장 중요한 강이다.

이 강은 요동과 요서가 나뉘는 지리적 경계이기도 하다. 그리고 수많은 지류는 그 주변을 비옥하게 만들며 문명의 터전 역할을 해 왔다.

그런 요하의 지류 중 하나가 태자하로, 요양의 젖줄이다. 다른 한 지류는 혼하渾河로, 심수瀋水라고도 불리며 심양瀋陽도 여기서 유래되었다.

이틀을 이동한 조선군이 진영을 내린 곳은 심양에서 20여 리 떨어진 지역이었다. 그리고 다음 날 다시 이동한 조선군은 심양에서 10여 리 떨어진 지점에 군영을 펼쳤다.

심양은 청국의 배도지만 요양보다 성벽이 높지 않다. 그럴 수밖에 없었던 것이, 요양은 요동의 군사 요충지지만 심양은 후금이 들어서면서 대대적으로 확장했기 때문이다.

북방의 기마민족은 성벽을 높게 쌓지 않는다. 기병은 방어보다 공격이 주력으로, 이런 성향은 축성에도 많은 영향을 끼쳤기 때문이다.

그 결과 심양의 성벽은 높이가 10여 미터로 상대적으로 낮다. 그러나 넓이는 상당해서 둘레가 6킬로미터에 이르며, 사방 1.5킬로미터의 내성이 또 있다.

이 내성에 황성과 심양 조정이 모여 있으며, 각 방면에 두 개씩의 성문이 있다. 그런 내성의 심양 조정에 성경장군과 육부시랑, 그리고 주요 장수들이 모여 있었다.

성경장군 화림和琳이 한숨을 내쉬었다.

"후! 조선군이 결국 코앞까지 다가왔소이다. 이제는 죽기를 각오하고 저들과 한판 결전을 벌여야 할 때가 되었소이다."

참석자들의 안색이 모두 흐려졌다.

"호부시랑."

호부시랑 덕린德麟이 몸을 숙였다.

"예, 대인."

"성내로 들어온 한족들은 문제를 일으키지는 않소이까?"

청나라는 만한병용의 원칙에 따라 한족을 차별하지 않고 등용했다. 그래서 북경 조정은 한족과 만주족을 각각 서임했다.

그러나 구분하는 정책도 있었다.

그런 구분 중 하나가 거주 정책이다.

대륙을 평정한 만주족은 대륙 곳곳에 팔기 병력을 주둔시켰다. 이들이 주방팔기로, 이들은 거주지에 성을 쌓고 한족과의 교류를 철저하게 차단해 왔다.

이런 분리 정책의 백미는 북경과 심양이다.

북경은 내성과 외성으로 되어 있다. 그런 북경의 내성에는 오로지 만주족만이 거주할 수 있었다.

심양은 더 엄격했다.

심양은 변내에 위치해 있다. 그래서 본래라면 한족도 거주가 가능했으나 청나라는 철저하게 만주족만 성내에 거주하게 했다.

이런 분리 정책으로 한족은 심양성의 주변 지역에 거주해야만 했다. 그러나 이러한 분리 정책이 조선군의 북벌로 무너져 버렸다.

덕린이 대답했다.

"다행히 별다른 문제를 일으키지는 않습니다."

"식량 배급은 잘 진행되고 있는 거요?"

"그렇습니다."

이어서 몇 가지 질문을 했다.

그런 질문에 호부시랑은 거침없이 대답했다. 그런 대답을 듣고서야 성경장군의 안색이 조금 펴졌다.

예부시랑이 나섰다.

"조선에 들어갔던 병부시랑께서 아직도 돌아오지 않고 있습니다. 조선군이 압록강을 넘은 지 벌써 이십여 일이 되어 가고 있는데도 말입니다."

성경장군이 고개를 저었다.

"아무래도 소문이 사실인 것 같소이다."

"조선군이 압록강을 넘었을 때 처형했다는 소문 말입니까?"

"그렇소이다."

예부시랑이 탁자를 내리쳤다.

"죽일 놈들. 전쟁 중이라고 해도 사자는 죽이지 않는 법이거늘. 하물며 대청의 병부시랑을 처형하다니. 으득! 이 수모를 절대 잊지 않을 것이다."

청군 장수가 가세했다.

"옳은 말씀이옵니다. 우리의 성지를 침략한 조선봉자朝鮮棒子 놈들을 절대 용서하면 안 됩니다."

"맞습니다. 성경장군 대인, 명령만 내려 주십시오. 소장이 우리 기병을 휘몰아 가서 저놈들을 박살 내겠사옵니다."

곳곳에서 자신에게 병력을 내달라는 청원이 들어왔다.

그런 말을 들은 성경장군 화림이 고개를 저었다.

"조선군을 절대 쉽게 보면 안 된다. 보고에 따르면 조선군이 보유한 화력이 막강하다고 했어."

청군 장수가 다시 나섰다.

"조선군의 화력이 아무리 거세다고 해도 연발로 포격을 할 수는 없사옵니다. 우리 기병이 전력으로 질주한다면 저들은 겨우 한 발 정도의 포격만 할 수 있을 것이옵니다."

"맞습니다. 첨병의 보고에 따르면 조선군은 기병을 상대할 방어 무기가 거의 없다고 했사옵니다. 그런 상황에서 우리 기병이 일만만 공격해도 엄청난 피해를 입힐 수 있을 것이옵니다."

성경장군이 거듭 고개를 저었다.

"저들만이 아니야. 귀관들도 보고를 들어서 알겠지만 흑룡강과 길림을 공략했던 조선군은 기병이었어."

청군 장수가 코웃음을 쳤다.

"흥! 성경장군 대인, 우리는 삼상기 중 최고인 정황기正黃旗입니다. 이런 우리 병력이 무려 일만이나 됩니다. 이 병력으로는 조선군 기병 몇만 정도는 손쉽게 박살 낼 수 있습니다. 하물며 보병 정도야 수십만도 능히 상대할 자신이 있습

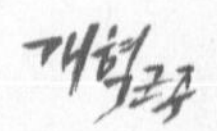

니다."

이 말을 한 청군 장수는 정황기의 부도통副都統이었다.

성경장군도 그의 자부심에는 고개를 끄덕이며 동조했다.

"정황기의 위용이야 두말해서 무엇 하겠나."

부도통의 목이 한껏 치켜세워졌다.

청나라는 팔기 제도를 운용한다.

팔기 중 삼상기三上旗는 황제의 친위부대로 금군이다. 그런 삼상기 중 하나인 정황기 병력 일만이 심양에 별도로 온 경우는 지금까지 없었다.

청국 황제는 여름이 되면 열하熱河로 피접을 나간다. 그런 황제를 삼상기 병력 전부가 호위한다.

금년에도 청국 황제는 열하로 피접을 갔다.

그러던 중 조선에서 진행되는 북벌이 보고된 것이다. 청국 황제는 고심 끝에 금군 병력 일만을 심양으로 급파했다.

청국은 지금까지 아무리 나라가 위급해도 금군을 출전시킨 경우는 한 번도 없었다. 그러나 조선군의 북벌에는 일만의 금군을 심양에 파견한 것이다.

그만큼 청국은 심양과 만주를 중시했다. 그리고 조선군의 북벌에 대한 위기의식도 컸던 것이다.

정황기 부도통이 다시 요구했다.

"대인, 조선군의 보병은 그렇다고 해도 기병은 우리가 나가서 막아 내도 되지 않겠습니까?"

"으음!"

"조선군이 가까이 왔지만, 이곳을 공격하기 위해서는 혼하를 건너야 합니다. 조선군의 주력이 십만여라고 했으니, 그 병력이 도강을 하려면 적어도 며칠의 시간이 걸립니다. 그런데 조선군 기병은 여기서 이틀 정도의 거리까지 다가와 있고요. 그러한 시간의 틈을 정확히 파고든다면 조선군 기병을 손쉽게 격살할 수 있을 것이옵니다."

성경장군은 고심했다.

정황기 병력은 기병이어서 공성전에는 별 도움이 되지 않는다. 그러나 부도통의 계획대로 된다면 결정적인 전환점을 마련할 수 있었다.

고심하던 그가 결정했다.

"좋네. 조선군 기병이 예상대로 혼하 북쪽에서 내려온다면 정황기가 나가서 상대하게."

부도통이 두 손을 모아 쥐었다.

"감사합니다, 대인. 절대 실망시켜 드리지 않겠습니다."

"조선도 기병을 양성하기 위해 적어도 몇 년은 조련했을 거네. 거기다 수만 명이야. 조선군 기병이 아무리 약하다고 해도 병력의 열세가 있으니 절대 무리하지는 말게."

"걱정하지 마십시오. 어떠한 일이 있더라도 저들의 예봉을 완전히 꺾어 놓도록 하겠습니다."

성경장군이 무겁게 고개를 끄덕였다.

육부시랑을 비롯한 장수들은 하나같이 정황기의 승리를 기원했다. 이들 중 누구도 정황기가 패배할 거라고는 예상하지 않았다.

심양을 끼고 흐르는 혼하는 요하의 지류지만 강폭이 상당했다. 그런 강을 도강하기 위해 조선군이 부교를 건설하기 시작했다.

혼하의 부교 건설은 시간이 걸렸다.

압록강에서와 달리 뗏목을 만들어야 했기 때문이다. 다행히 부교 부품이 규격화되어 작업은 빠르게 진행되었으나 가설에만 하루의 시간이 걸렸다.

그렇게 보병이 부교를 만들고 병력을 도강시킬 즈음 기병이 먼저 심양에 도착했다.

총참모장이 북동쪽을 가리켰다.

"저하! 저쪽을 보십시오. 아군의 기병이 심양으로 다가오고 있사옵니다."

세자가 총참모장이 가리킨 곳을 바라봤다. 그러자 북동방면 지평선 부근에서 하늘 높이 치솟은 먼지구름이 눈에 들어왔다.

"장관이네요. 먼지구름이 한쪽 하늘을 완전히 뒤덮었네요."

"기병군단이 질주하면 저렇게 먼지구름이 먼저 보입니다.

그리고 시간을 두고 말발굽 소리가 지축을 뒤흔들고요."

"저 정도면 기병군단이 얼마나 다가왔다고 봐야 하지요?"

"이러한 벌판에서는 먼지구름이 본토보다 훨씬 멀리서도 포착됩니다. 아직 말발굽 소리가 들리지 않는 점과 지평선에 먼지구름이 걸린 것을 봐서 50리 이상은 떨어져 있는 것 같사옵니다."

"기병을 맞이할 시간이 많다는 말이군요."

"그렇사옵니다."

이때였다.

참모 중 누군가가 소리쳤다.

"저하! 심양성의 북문이 열리고 있사옵니다!"

세자가 놀라서 바라보니 과연 성문이 천천히 열리고 있었다. 심양성의 성문은 요양과 달리 밀어서 개폐되는 방식이었다.

끼이익!

생각지도 않게 심양성의 북문이 열렸다. 놀랍게도 열린 성문으로 일단의 기병이 빠져나왔다.

세자가 크게 놀랐다.

"아니, 저게 뭐야! 아직도 심양에 팔기가 주둔하고 있었어요?"

놀란 건 세자만이 아니었다.

백동수와 군 지휘부도 크게 놀라 술렁였다. 이들 중 모든 정보를 취합해 작전 계획을 수립해야 하는 총참모부의 참모장과 참모들은 더 놀랐다.

그러나 놀라고 있을 틈이 없었다. 참모들은 일제히 망원경을 들어 적진을 살폈고, 그들 중 누군가 소리쳤다.

"저하! 저들은 만주팔기가 아닙니다! 황제를 호위하는 삼상기 중 정황기 병력입니다!"

백동수가 깜짝 놀랐다.

"아니, 이게 어떻게 된 일이야. 황실 금군인 정황기가 심양에 숨어 있었단 말인가?"

총참모장이 빠르게 상황을 분석했다.

"장관님, 열하에서 피접하던 청국 황제가 보낸 병력으로 보입니다."

세자가 궁금했다.

"총참모장, 삼상기는 기주旗主 없이 청국 황제가 친히 지휘합니다. 그런 삼상기의 정황기가 지방으로 파견된 적이 있었습니까?"

"소장이 알기로 지금까지 이런 경우는 단 한 번도 없었사옵니다."

세자가 침음했다.

"으음! 청국 황실이 금군을 보낼 정도로 위기라고 인식했다는 말이군요."

"그렇습니다. 다른 삼상기보다 정황기의 병력이 많고, 정원비율도 만주 지역 출신이 가장 많습니다. 저희가 파악한 바로는 만주 출신 좌령佐領이 일흔 개나 됩니다."

"좌령요?"

"팔기를 구성하는 가장 기본 단위입니다. 처음에는 니루牛彔라는 명칭으로 불리면서 정원이 삼백 명이었습니다. 그러다 청나라가 대륙으로 진출하며 좌령으로 개칭되었고요."

"처음 출신은 만주였지만 지금은 북경 내성에 본거지를 두고 있겠군요."

총참모장의 설명이 이어졌다.

"그렇습니다. 저들은 삼상기라는 자부심이 하늘을 찌릅니다. 황실에서도 특별 대우를 해 주고 있으며 훈련 상태도 비교적 좋은 상황이고요. 아니, 지금의 청군 중에는 최상이라고 봐야 합니다."

"그런 정황기가 성을 나왔다는 건 우리 기병군단과 일전을 치르겠다는 의미로군요."

"그렇습니다. 우리가 강을 건너는 시기를 노린 것을 보면 미리 단단히 준비를 한 듯하옵니다."

세자가 안색을 흐리며 우려했다.

"흐음! 기병군단이 이런 상황을 잘 파악해야 할 터인데 걱정이군요."

총참모장이 장담했다.

"성려하지 마십시오. 생각지도 않은 정황기가 나온 건 의외의 상황이기는 합니다. 그러나 보병도 그렇지만 기병도 북경에서 청나라 금군과의 일전을 예상하고 훈련을 해 왔기 때문에 충분히 감당할 수 있을 것이옵니다. 더구나 늘 수색대를 운용하고 있어서 심양의 변수는 바로 파악했을 겁니다."

이 말에 세자가 크게 고개를 끄덕였다.

세자와 지휘부가 대화를 나누는 동안 참모들은 긴밀히 움직이고 있었다. 특히 작전참모는 수색대로 하여금 정황기의 상황을 조사시켰다.

변수는 조선 기병도 바로 파악했다.

기병은 기동하면서 늘 수색대를 앞세운다. 그런 수색대는 최정예 병력으로, 돌발 변수에 대한 대비는 늘 갖추고 있었다.

그래서 본진보다 빨리 심양의 상황을 파악할 수 있었다. 수색대의 보고를 받은 기병사령관 조철상이 명령했다.

"전군! 정지하라!"

지휘부와 함께하는 기수가 깃발을 들었다. 그것을 본 예하부대의 통신무관이 바로 반응했다.

"정지하라!"

"정지!"

지축을 뒤흔들며 달리던 기병은 쉽게 멈추지 못한다. 그런데도 조선군 기병군단은 놀랍게도 너무도 유려하게 병력 기동을 멈췄다.

동시에 각 여단장이 지휘부로 몰려왔다. 북방여단장 유병호가 가장 먼저 도착했으며, 뒤이어 다른 여단장들이 모여들었다.

유병호가 질문했다.

"사령관님, 무슨 문제가 생겼습니까?"

"수색대의 보고에 따르면 심양에서 일단의 기병 병력이 나왔다고 하네. 그런데 놀랍게도 사각 황금 바탕의 용의 깃발을 들고 있다고 했어."

유병호의 눈이 더없이 커졌다.

"사각 황금 바탕의 용 깃발이라면 정황기가 아닙니까?"

"그렇다네. 그래서 급히 진격을 멈추게 한 거야."

"아니, 북경에 있어야 할 정황기가 심양에 있다니요. 혹여 수색대가 잘못 본 것 아닌가요?"

조철상의 고개가 저어졌다.

"아쉽지만 아니네."

"이게 어찌 된 일입니까? 우리가 파악한 정보로는 만주에 팔기가 없었는데요."

"그러게 말이야. 어쨌든 수색대의 보고에 따르면 일만여 명의 정황기가 북문을 나와 대기하고 있다고 하네."

유병호가 아련하게 보이는 심양을 바라봤다. 그런 그의 시야에 성 밖에 희미하게 무언가가 보였다.

그가 급히 망원경을 들었다.

"으음! 그렇군요. 깃발은 확인되지 않지만 일단의 병력이 나와 있군요."

조철상이 지시했다.

"의외의 상황이다. 그러나 우리의 기병으로서는 성안에 숨어 있는 적보다 야전의 적이 상대하기가 훨씬 용이하다. 그러니 참모들은 서둘러 작전 계획을 수립하도록 하라."

참모들이 급히 머리를 맞대었다.

수없이 많은 난상 토론과 실전에 가까운 훈련을 받아 온 기병군단이었다. 그런 기병군단의 작전 계획을 수립하고 실행했던 참모들답게 빠르게 결정을 내렸다.

보고를 받은 조철상이 놀랐다.

"정녕 그게 최선이란 말인가?"

"그러하옵니다. 북벌의 초기인 지금은 우리의 강력함을 적들에게 알릴 필요가 있습니다. 그리고 우리가 보유한 전력이라면 저들을 충분히 압도할 수 있사옵니다."

참모장이 거듭 제안했다.

그러나 조철상은 쉽게 결정하지 못했다.

"아군 병력이 많으니 저들을 압도할 수는 있다. 그러나 정면 격돌은 아군도 상당한 피해를 입게 되는 게 문제다."

"그 정도는 감수해야 합니다. 그리고 우리가 보유한 화력을 최대한 활용한다면 피해는 상대적으로 적어질 겁니다."

유병호도 동조했다.

"사령관님, 우리의 주 임무는 북방 평정입니다. 그러기 위해서는 앞으로 크고 작은 얼마나 많은 전투를 치러야 할지 모릅니다. 그런 우리가 피해를 우려해 이번 전투를 소극적으로 대응한다면 승리해도 승리하지 못한 꼴이 될 수가 있습니다."

조철상이 침음했다.

"으음!"

그도 유병호가 무슨 의미로 이런 말을 하는지 모르지 않았다. 그러나 정면 격돌에 따른 이해득실을 쉽게 판단하기 어려웠다.

그런 그가 주변을 둘러보다 흠칫했다. 참모는 물론 지휘관의 눈에서 활활 타오르는 결전 의지가 느껴졌기 때문이다.

이런 결의를 막을 수는 없었다.

"후! 좋다. 참모들의 건의대로 정면 대결을 하자. 그러나 인명 피해를 줄이기 위해 최대한 준비 작업을 갖추고서 결전에 임하자."

"알겠습니다."

"감사합니다."

총참모장이 지휘관들에게 빠르게 계획을 설명했다. 설명을 들은 여단장들은 두말하지 않고 자신들의 부대로 돌아갔다.

그렇게 자대로 돌아간 여단장들은 예하 부대장들을 불러 작전 계획을 설명했다. 그 설명에 몇몇은 실망한 표정을 지었으나 누구도 이의를 제기하지 않았다.

그리고 얼마 후.

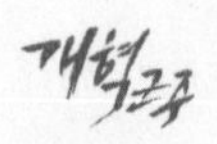

조선 기병군단이 새롭게 진용을 갖췄다. 그렇게 진용 구축을 마친 기병군단이 천천히 전진했다.

청군의 정황기도 나름대로 진용을 구축하고 기다렸다. 그런 정황기의 부도통은 조선군의 전진을 보고는 의아해했다.

그러던 그가 호탕하게 웃었다.

"하하하! 저게 무슨 짓이더냐. 무슨 꿍꿍이가 있기에 질주해 오던 병력이 갑자기 저렇게 완보로 전진한단 말인가?"

옆에 있던 장수가 동조했다.

"각하! 아마도 우리의 깃발을 보고 놀라 저러는 것 같습니다."

"오! 그 말이 맞다. 저들이 우리가 정황기인 것을 알고는 저런 식으로 전진해 오는 거로구나."

"예. 우리가 두려워서 수비 대형으로 병력을 운용하려는 것 같습니다."

"흥! 그런다고 우리가 가만있을 까닭은 없지."

부도통이 뒤를 보고 소리쳤다.

"저기를 봐라! 조선군 기병이란 것들이 우리가 무서워서 기어서 오고 있다!"

"와!"

"아하하!"

청군 기병이 왁자하게 비웃었다.

잠시 병사들을 풀어 준 부도통이 소리쳤다.

"모두 칼을 빼 들어라! 저런 조선군을 그냥 둘 수 없다. 반드시 격멸해서 팔기의 위용을 천하 만방에 떨치도록 하자!"

"우와!"

"와!"

휘익!

부도통의 부추김에 청군 병사들이 환호했다. 잠시 그렇게 사기를 북돋던 부도통이 손을 들었다.

그 순간 사방이 조용해졌다. 부도통은 조선군과의 거리를 잠시 가늠하다 소리쳤다.

"전군! 돌격하라!"

그 순간 모든 청국 기병이 말고삐를 잡아챘다.

"하아! 하!"

"이랴!"

말의 지구력은 의외로 낮다.

그 바람에 돌격을 한다고 해서 처음부터 전력 질주를 할 수는 없다. 처음 속보로 달리던 청군 기병은 이내 속도를 배가했다.

조선군도 청군의 움직임을 포착했다.

그러나 아직은 잠깐의 시간이 있다. 조철상은 그런 작은 틈을 허투루 버리지 않았다.

"전군, 돌격 준비! 박격포 포격 준비하라!"

지시가 떨어지자 대기하고 있던 박격포 포병이 급히 말에서 내렸다. 그러고는 너무도 능숙하게 포신과 포대를 조립했다.

"포격 준비가 끝났습니다!"

조철상도 지체하지 않고 소리쳤다.

"발포하라!"

퐁! 퐁! 퐁! 퐁!

100여 발의 포탄이 하늘을 날았다.

그와 동시에 조철상이 소리쳤다.

"전군, 돌격하라!"

두! 두! 두! 두!

조선 기병도 처음에는 속보로 전진했다. 그러던 조선 기병은 이내 탄력을 받으면서 질주했다.

이러는 동안 박격포는 놀랍게도 두 번의 포격을 더 했다. 그렇게 청군에 의외의 타격을 입힌 박격포병은 급히 박격포를 수습하고는 멀리 퇴각했다.

청국 부도통이 경악했다.

"저게 대체 뭐야! 기병이 어떻게 포격을 할 수 있단 말이더냐! 그런데 어떻게 이렇게 포격 속도가 빠를 수가 있는 거야!"

그는 비명처럼 절규했다. 그러나 그의 목소리는 폭발하는 폭탄 소리에 묻혀 버렸다.

꽈꽝! 꽝! 꽝!

잠깐 사이 수백 발의 포격이 집중되었다.

생각지도 않았던 포격에 청국 기병은 경악하며 당황했다.

천여 명의 병력이 갈려 나갔으며 놀라서 낙마한 병력도 부기지수였다.

겉으로 드러난 피해는 상당했다.

그러나 질주하던 예봉이 크게 꺾여 버린 것이 더 문제였다. 이대로라면 기병의 장점인 최고 속도에서 조선군과 격돌할 수가 없었다.

그렇다고 해서 기동을 멈출 수도 없었다. 이미 조선 기병이 마주 달려오고 있는 상황이었다.

정황기 부도통이 소리쳤다.

"모두 말고삐를 다잡고 힘을 내라! 정면 격돌하면 승리는 우리 것이다!"

청국 기병도 많은 훈련을 쌓아 왔던 터라 빠르게 안정을 찾았다.

그러나 이들에게는 또 다른 지옥이 기다리고 있었다.

홍경래가 선두에서 질주했다.

그렇게 질주하던 그는 어느 순간 말고삐를 한 손에 옮겨 쥐었다. 그러고는 안장에 끼워 두었던 소총을 꺼냈다.

그는 능숙하게 소총을 들어 정면을 겨냥했다. 질주하는 조선 기병은 누가 말하지 않았음에도 하나같이 홍경래와 같이 소총을 빼 들었다.

두 손으로 소총을 겨누는 바람에 거의 고삐를 놓고 달렸다. 그럼에도 홍경래의 군마는 조금도 속도가 줄어들지 않았다.

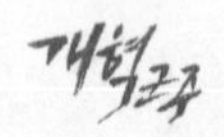

그러던 어느 순간.

탕!

숨을 멈추고 표적을 보던 홍경래가 방아쇠를 당겼다. 그러자 마주 달려오던 청군 기병이 그대로 고꾸라졌다.

탕! 탕! 탕! 탕!

이것이 신호였다. 조선 기병은 마주 달려오는 청국 기병을 정확히 사격했다. 이러한 조선군의 총격에 무수한 청군이 고꾸라졌다.

청국 기병의 눈이 찢어질 듯 커졌다.

청군은 본래부터 화력이 약했다.

그들이 보유한 소총은 전장소총이어서 마상에서 사격할 수도 없었다. 그런 정황기에게 조선군의 마상 사격은 큰 충격이었다.

조선 기병은 수없는 마상 사격연습을 해 왔다. 그런 고된 훈련은 실전에서 최고의 전과로 나타났다.

무수한 팔기가 거꾸러졌다.

거듭된 타격으로 청군 기병은 눈에 띄게 진영이 흐트러졌다. 그러나 진영을 재정비하기도 전에 총격은 끝없이 이어졌다.

사격을 마친 조선 기병은 소총을 이내 원래 위치에 거치했다. 흔들리는 마상에서 총탄을 재장전하는 건 어려웠기 때문이다.

홍경래가 칼을 빼 들었다.

조선 기병의 칼은 곡도였다. 조선의 검은 본래 직도였으나 기병에 한해 곡도가 보급되어 있었다.

칼을 빼 든 홍경래가 전방을 살폈다. 수많은 청군이 죽어 나갔으나 그래도 많은 병력이 남아 있었다.

홍경래가 발에 힘을 가했다.

"하아!"

박차가 가해지자 말의 속도는 배가되었다. 드디어 군마가 전력으로 질주하기 시작했다.

말이 질주하자 시야가 급격히 좁아졌다. 홍경래는 그런 와중에도 마주 달려오는 청군을 노렸다.

그러다 목표물을 확인하고는 숨을 몰아쉬었다. 그런 표적이 조선 기병의 총탄에 갑자기 고꾸라졌다.

홍경래가 급히 다음 표적을 찾았다.

그러던 홍경래의 눈이 더없이 커졌다. 첫 표적의 뒤를 따르는 청군 기병의 갑옷이 다른 팔기와 달리 화려했기 때문이다.

홍경래는 마음속으로 소리쳤다.

'적장이다!'

그와 동시에 더 힘껏 박차를 가했다.

맞은편에서 달려오는 청군은 홍경래의 예상대로 청군 부도통이었다. 부토통은 홍경래가 자신을 보며 전의를 불태우자 바로 눈치챘다.

그는 달리면서 이를 갈았다.

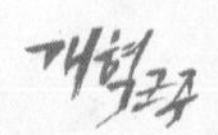

'이놈! 감히 조선군 따위가 팔기부도통인 나에게 적의를 품다니. 으득! 내 언월도로 단칼에 두 쪽을 내 주마.'

휘잉!

분노한 부도통이 언월도를 휘둘렀다. 그러자 엄청난 궤적과 함께 칼바람 소리가 사방을 진동했다.

그러나 홍경래는 눈도 깜빡하지 않았다.

두 장수가 정면을 충돌했다.

부도통의 언월도가 홍경래의 허리를 노리고 휘둘렀다. 그것을 본 홍경래는 자신의 몸을 말안장에 완전히 누이면서 언월도를 피했다.

사악!

언월도가 홍경래의 몸을 스쳐 지나갔다. 그 순간 누웠던 탄력을 이용해 몸을 일으키면서 곡도를 그대로 휘둘렀다.

휘두른 곡도에서 묵직함이 느껴졌다. 홍경래는 더 힘껏 도를 잡아 휘두르며 그대로 지나쳤다.

서걱!

양군이 격돌하며 굉음이 터져 나왔다.

양군의 충돌은 마주 달려오는 열차가 정면 충돌할 때와 같이 처음에는 주춤했다. 그러다 힘의 우위에 있던 조선 기병이 정황기의 중심을 째고 나왔다.

와장창!

힘이 한쪽으로 쏠리면서 전황은 급격히 흐트러졌다. 그 바람에 더 많은 피해가 발생했으나, 모든 청군이 절단 나지는 않았다.

조선 기병은 달리던 동력을 그대로 이용해 적진을 돌파했다. 그렇게 청군을 쪼개 버린 조선 기병은 속도를 줄이면서 원을 그리며 선두를 돌렸다.

조선 기병에 격파당한 정황기도 속도를 줄이지 않았다. 이들은 조선 기병이 모두 빠져나간 것을 확인하고서야 병력이 한곳으로 모였다.

이러한 기병의 움직임은 정면 격돌이 끝나면서 일어난 자연스러운 현상이었다. 그러나 청군의 시련은 여기서 끝나지 않았다.

불타는 청녕궁

정황기가 병력을 수습하고 있을 때였다. 갑자기 북쪽에서 먼지구름이 하늘로 치솟았다.

조선 기병과 정면 격돌하면서 부도통과 몇 명의 지휘관이 목숨을 잃었다. 그 바람에 갑작스럽게 나타난 병력에 즉각 대응을 하지 못했다.

정황기가 당황하는 사이 먼지구름은 성큼 다가왔다. 놀랍게도 이들은 임무를 마치고 조선 기병과 합류하러 오던 카자크 기병대였다.

카자크는 임무를 마치고 완보로 내려왔다. 그러다 전방에 정찰을 나갔던 첨병이 조선 기병과 청군이 격돌했다는 보고에 놀랐다.

이들은 기병군단과 정보를 공유했다. 그래서 심양에서 기병 격돌이 일어날 거라고는 예상 못 했다.

돌발 변수였지만 아타만은 침착했다.

카자크는 첨병을 다시 보내 상황을 파악하게 하면서 속보로 전진했다. 그러다 양군의 격돌에서 조선 기병이 압도했다는 보고를 받고는 아타만 알렉세이 이바노프가 총을 빼 들었다.

"전투를 준비하라! 조선의 기병군단이 청국의 팔기와의 격돌에서 압승했다. 우리가 남은 청군의 잔적을 단숨에 쓸어버려 우리의 전투력을 보여 주자!"

"우르!"

"휘익!"

아타만의 지시에 카자크 기병이 입으로 온갖 소리로 호응했다. 그와 동시에 조선에서 제공받은 신형 소총을 빼 들었다.

조선은 처음에는 카자크들에게 수석소총을 무상으로 지급했었다. 카자크들은 마상 사격이 어려운 수석소총으로도 훌륭히 임무를 수행했다.

이들의 활약으로 러시아가 구축한 북방 보급로를 완전히 박살 냈다. 더하여 청국의 북방 요새도 쑥대밭을 만들면서 북방 교란작전은 대성공을 거뒀다.

세자는 이런 전공에 크게 포상했다.

포상의 일환으로 북벌 직전 신형 소총으로 교체해 주었다. 이러한 세자의 조치에 카자크들의 충성심은 배가되었다. 그 바람에 북벌에 참전한 카자크는 무려 삼천 명이나 되었다.

두! 두! 두! 두!

짐승 가죽으로 온몸을 두른 카자크는 외양이 곰처럼 보인다. 그런 카자크가 무서운 속도로 달려오자 청군 병력은 크게 당황했다.

지휘관을 잃은 이들은 그래도 병력을 수습해 대항하려 했다. 그러나 이러한 대응보다 카자크의 돌격 속도가 더 빨랐다.

탕! 탕! 탕! 탕!

이전에 없던 사격이 먼저 시작되었다.

그 사격에 우왕좌왕하던 청군 기병이 무수히 쓰러졌다. 그리고 그런 청군에 북극곰과 같은 카자크 기병대가 덮쳤다.

쾅! 콰광!

❁

성경장군 화림은 믿을 수가 없었다.

"이게 정녕 현실인가, 꿈인가? 어떻게 대청의 팔기 중 최강인 정황기가 하찮은 조선 기병에 박살 난단 말인가? 그리고 곰처럼 생긴 저들은 대체 어느 나라 군대란 말인가?"

"……."

화림의 질문에 누구도 나서지 않았다.

아니, 누구도 카자크의 정체를 알지 못했다.

심양성의 모든 사람은 하나같이 믿을 수 없다는 표정을 지었다. 이들은 너무도 허망하게 스러진 정황기의 마지막이 믿기지가 않았다.

그야말로 최악의 상황이었다.

성경장군 화림이 절규했다.

"아아! 큰일이구나. 정황기가 몰살한 자체도 문제지만, 그로 인해 성안 병력의 사기가 급전직하한 것이 더 큰 일이구나. 하! 이 난국을 어떻게 타개할 수 있단 말인가?"

"……."

평화가 너무 오래 지속되었다.

건륭 황제 시절 중가르를 정벌할 때만 해도 청군은 최강의 군대였다. 그러던 청국은 팔기가 무력해지면서 한족 군대인 녹영綠營이 주력이 되었다.

주력이 바뀌었음에도 청국은 기세를 떨치며 사방으로 영토를 확산해 나갔다. 덕분에 건륭 황제 시절 청나라의 영토는 최대로 확장될 수 있었다.

그러나 그것으로 끝이었다.

부패와 무능이 횡행하면서 최강의 군사력은 불과 20여 년 만에 완전히 무너졌다. 그렇게 무너진 틈을 남방에선 백련교가, 북방에선 조선이 깨부수며 들어가고 있었다.

화림의 절규가 허망하게 울려 퍼졌다.

심양성의 병력은 주변 수십여 성의 잔존 병력을 긁어모아

마련했다. 오합지졸이나 다를 바 없는 병력을 지휘하는 청국 장수들은 정황기의 몰살에 망연자실했다.

자신들의 병력보다 월등한 정황기의 일만 정병이 단 한 번의 격돌로 녹아내렸다. 그 여파는 커서 청국 장수 중 누구도 호기롭게 나서지 못했다.

화림이 호통을 쳤다.

"정신들 차려라! 병사를 지휘할 장수가 이렇게 넋을 놓고 있으면 어떻게 하느냐? 어서 각 부대로 돌아가 병사들의 사기를 진작시키도록 하라!"

질책을 받은 장수들이 움직였다. 그러나 워낙 큰 충격에 허둥대자 화림의 호통이 이어졌다.

"귀관들이 이러면 병사들이 무엇을 보고 귀감을 삼을 수 있단 말이냐? 정신들 차리고 서둘러 움직이도록 하라!"

거듭된 질책을 받고서야 청국 장수들은 빠릿빠릿하게 움직였다. 그런 모습을 바라보던 화림의 입에서 절로 한숨이 나왔다.

"하아! 큰일이구나. 결전을 앞둔 저들이 저렇게 허둥대서야 어떻게 난국을 헤쳐 나갈 수 있단 말인가."

호부시랑이 위로했다.

"대인, 너무 걱정하지 마십시오. 갑작스러운 정황기의 패전이 충격이어서 그렇습니다. 우리 성을 수비하는 데 솔직히 정황기는 필요 없는 병력이었습니다."

화림의 목소리가 높아졌다.

“맞아! 공성전이 벌어졌어도 정황기의 특성상 성벽을 사수하려 하지 않았을 거야.”

“그렇습니다. 저들은 분명 지금처럼 성문을 열고 나가 결전을 벌이겠다고 했을 겁니다. 그러니 저들이 패했다고 해서 결코 실망할 필요는 없습니다. 그리고 우리는 아직 이만이 넘는 전력이 고스란히 남아 있습니다.”

화림이 두 주먹을 불끈 쥐었다.

“호부시랑의 말이 옳다. 우리 전력은 조금도 상하지 않았어. 정황기가 패한 사실은 안타깝지만 어쩔 수 없는 일이다.”

“예, 대인. 지금이라도 백성들을 동원해야 합니다. 그러면 적어도 수만은 징병할 수 있사옵니다.”

예부시랑도 나섰다.

“옳은 말씀입니다. 조선군은 요양과 달리 우리 심양을 완전히 굴복시키려고 할 겁니다. 그래야만 만주 지역을 완전히 평정할 수 있으니까요. 그러나 조선에 항복하는 건 백성들도 바라지 않습니다. 대인, 그러니 지금 즉시 징집부터 실시하십시오.”

화림도 즉각 결정했다.

“좋다! 조선군이 도강을 마치려면 아직 시간이 있으니 당장 징집부터 실시하라.”

“알겠습니다.”

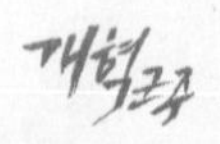

"우리도 가자. 지금은 조선군의 동태보다 징병이 더 중하다."

화림은 서둘러 성벽을 내려갔다.

그러고는 직접 징병을 진두지휘하며 병사들을 독려했다. 이런 화림의 노력으로 청군은 정황기의 패전 충격을 그래도 쉽게 벗어날 수 있었다.

같은 시각.

세자는 카자크 기병대를 환대했다.

"어서들 오세요."

아타만 알렉세이 이바노프가 세자 앞에서 한쪽 무릎을 꿇었다. 그러자 그와 함께 온 카자크 지휘관들이 일제히 무릎을 꿇었다.

"알렉세이 이바노프가 주군을 뵙습니다."

"주군을 뵙습니다!"

세자가 흐뭇한 표정으로 고개를 끄덕였다.

"먼 길을 오느라 고생 많았어요. 모두 일어들 나세요."

"감사합니다."

카자크가 몸을 일으키자 세자가 치하했다.

"조금 전의 전투에서 수고 많았어요."

"아닙니다. 기병군단이 다 이겨 놓은 전투를 저희가 정리했을 뿐입니다."

"전투는 시작도 중요하지만 마무리가 중요해요. 만일 카자크가 적시에 도착하지 않았다면 적의 잔당은 도주했을 가능성이 높아요. 그렇게 되면 우리는 두고두고 골머리를 앓아야 했을 거고요."

기병사령관 조철상이 동조했다.

"옳은 말씀입니다. 청국의 군사력이 약해졌다고 해도 정황기는 아닙니다. 그러나 전면전을 하며 비세를 절감했을 겁니다. 그런 저들은 우리와의 재격돌보다는 도주를 선택했을 공산이 큽니다."

이바노프가 알아들었다.

"도주하고 나서 유격전을 벌일 가능성이 높다는 말이군요."

세자가 대답했다.

"그래요. 자존심이 강해서 심양으로 돌아가지 않았을 거예요. 청국 기병은 도주한 뒤 병력을 수습하고는 유격전을 벌이며 우리의 진로를 방해하는 전략을 택했을 가능성이 높아요. 그렇게 되면 우리는 늘 신경을 써야 하는 나날을 보낼 수밖에 없었을 것이고요."

백동수도 동조했다.

"잔적이 수천이었습니다. 그런 병력이 수시로 유격전을 감행해 오면 상당히 피곤했을 겁니다."

세자가 카자크를 바라봤다.

"먼 길을 오느라 피곤할 거예요. 진중이어서 술은 없지만 오늘은 푸짐한 음식을 먹고 피로부터 풀도록 해요. 작전 회의는 내일 새벽에 열겠습니다."

알렉세이 이바노프가 고개를 숙였다.

"알겠습니다. 그러면 저희는 이만 물러나겠습니다."

"편히 쉬도록 하세요. 부상병은 우리가 잘 챙겨 줄 터이니 신경 쓰지 말고요."

"감사합니다."

카자크가 나가자 세자가 총참모장을 찾았다.

"총참모장. 이번 전투의 피해 상황과 전과는 어떻게 되지요?"

총참모장이 서류를 보며 보고했다.

세자가 침음했다.

"으음! 사상자가 생각보다 많군요."

"정황기의 전력은 기본적으로 강력합니다. 아무리 대승을 거뒀다고 해도 어느 정도의 피해는 감수해야 합니다. 그리고 사망자가 백 명도 나오지 않고 중상자도 수십에 경상이 삼백여 명에 불과한 전과는 대단한 결과입니다."

백동수도 동조했다.

"그렇습니다. 일만여 명의 적군을 섬멸한 대승입니다. 이 정도의 피해는 정말 최소입니다."

이 부분에는 세자도 동조했다.

"그렇기는 합니다. 그런데 한 가지 궁금한 점이 있어요. 우리 기병이 돌파하고 난 후 청군이 우왕좌왕했었습니다. 그 바람에 카자크의 공격을 제대로 방어하지 못하면서 무너졌고요. 그렇게 된 이유는 밝혀졌나요?"

총참모장이 보고했다.

"지휘관의 부재가 결정적 영향을 끼쳤습니다."

"역시 그랬군요."

"청군의 최고 지휘관은 정황기의 부도통이었다고 합니다. 그런 부도통을 척살한 무관이 홍경래 중위이고요."

세자가 큰 관심을 보였다.

"홍경래 중위가 부도통을 척살했다고요?"

"예, 홍 중위가 우리 진영의 선봉 중 하나였다고 합니다. 그런 홍 중위와 청군 부도통이 맞싸웠는데, 거기서 적장의 언월도를 피한 홍 중위가 곡도로 적장의 몸통 일부를 갈라 버렸다고 했습니다."

세자가 크게 놀랐다.

"아니, 그게 가능한 일입니까? 평지도 아닌 마상에서 곡도로 적의 몸통을 가를 수가 있나요?"

"몸통을 완전히 자른 것은 아니고, 깊숙한 자상으로 단칼에 절명시켰다고 합니다."

"놀라운 일이군요. 홍 중위의 신력이 정말 대단한가 봅니다."

"예. 저희도 보고를 받고 많이 놀랐습니다."

백동수가 건의했다.

"적장을 제거한 전과는 이번 승전의 최대 공적입니다. 저하께서 홍 중위를 불러 치하해 주시지요."

"그렇게 하겠습니다."

잠시 후, 홍경래가 세자를 찾았다.

"충! 중위 홍경래 부르심을 받고 왔습니다."

"홍 중위가 적장을 제거했다는 보고를 받아서 불렀어. 이번 기병 결전의 최고 전공자는 홍 중위야. 축하해."

홍경래가 몸을 바로 세웠다.

"감사합니다."

"지난번에 전령으로 와서 이번 전투에는 참여하지 않을 줄 알았는데, 어떻게 된 거야?"

"선봉을 소장이 자원했사옵니다."

"오! 선봉을 자원했어?"

"예, 그렇습니다. 소장은 전투에 직접 참여해서 전공을 세우고 싶었습니다. 그래서 지난번에 전령을 마치고 돌아가 건의를 드렸는데, 여단장님께서 흔쾌히 청을 들어주셨습니다."

백동수가 거들었다.

"북방여단장이 선견지명이 있었나 보옵니다."

"아! 홍 중위가 북방여단 소속이었어?"

"그렇사옵니다."

"흠! 그렇다면 카자크와 합동작전에도 참여한 적이 있었겠구나?"

"그러하옵니다. 소장은 저들과 주로 청국의 변경 요새를 공략했었습니다."

세자가 궁금했다.

"청국 요새를 방어하는 병력의 전투력 수준이 어느 정도였지?"

"형편없었습니다. 가장 큰 문제는 지휘관들의 무능이었습니다. 청국 요새를 지키는 지휘관들은 우리가 공격도 하기 전에 도망치는 자들이 부지기수였었습니다."

"공격도 하기 전에 도망을 쳐?"

"북방에서 도는 소문 때문입니다. 북방에서는 반항하는 청국 요새의 지휘관들을 산 채로 가죽을 벗긴다는 소문이 자자합니다."

세자가 이마를 찌푸렸다.

"무슨 그런 흉측한 소문이 돌고 있는 거야? 혹시 실제로 그런 일이 있었던 건 아니겠지?"

홍경래가 펄쩍 뛰었다.

"절대 그런 일은 없었습니다. 단지 지난해 공략을 할 때 끝까지 저항하던 요새가 꽤 있었습니다. 그런 요새의 지휘관들을 본보기로 공개 처형한 적이 있었는데, 그게 와전된 것입니다."

"그렇다고 해도 싸워 보지도 않고 도주한다는 건 이해가 되지 않네."

백동수가 거들었다.

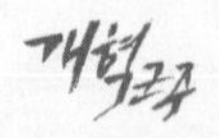

"그만큼 정신 상태가 썩었다는 말이군요."

홍경래가 설명했다.

"맞습니다. 새로 부임한 청군 지휘관들은 이전과는 확연히 달랐습니다. 대부분의 이름뿐인 장수였습니다. 그리고 도주하지 않은 요새 지휘관들도 끝까지 저항하는 경우는 거의 없었습니다."

세자가 크게 고개를 끄덕였다.

"그렇구나. 그래서 청군 포로가 이전보다 크게 늘었다는 보고가 있었구나."

총참모장이 거들었다.

"항복한 청군 포로 덕분에 카자크의 주거 환경이 크게 개선되었다고 합니다."

"청군 포로들은 카자크가 인수하도록 조치했는데, 그게 도움이 되었나 보군요."

"그렇습니다. 카자크의 주택은 거의 통나무 움막 수준이었습니다. 그런 그들이 청군 포로를 동원해 우리의 북방 주택처럼 주택 개량 사업을 대대적으로 벌이고 있다고 합니다."

"다행이네요. 저들도 이제는 우리 조선의 일원이니 주거 환경이 좋아지면 더없이 좋은 일이지요."

"옳은 지적입니다."

세자가 홍경래를 바라봤다.

"훌륭한 전공을 세우고 싶은 건 누구나의 바람이다. 그러나 무모한 만용은 용기와 다르니, 꼭 사리분별해서 전투에 임하도록 해."

"명심하겠습니다."

"오늘의 전공은 사실대로 기록해서 북벌이 끝났을 때 포상하겠다."

"감사합니다."

홍경래가 군례를 올리고 돌아갔다. 세자는 절도 있게 돌아가는 그의 뒷모습을 잠시 바라봤다.

세자의 시선이 전장으로 돌아갔다. 전투가 벌어진 벌판에는 시신과 부상자들이 널려 있었다.

"백 장관님, 잠시 휴전을 제안하세요."

백동수가 바로 알아들었다.

"청군에게 기병들의 시신과 부상자를 수습하게 시간을 주시려는 것입니까?"

"그래요. 시신을 그대로 두면 부패합니다. 그리되면 돌림병이 돌 우려가 많아요. 더구나 부상자들을 저대로 방치하면 대부분 사망합니다."

"그렇지만 부상자들이 회복하면 당장……."

세자가 손을 들었다.

"장관의 우려를 모르지 않아요. 그러나 부상자들이 성내로 들어가게 되면 청군의 사기는 크게 저하될 가능성이 높아요. 그게 부상자들이 회복해서 참전하는 상황보다 우리에게는 더 좋아요. 그리고 우리는 아직 도강을 마치지 않은 상황이잖아요."

백동수가 고민하다 동의했다.

"알겠습니다. 지금 즉시 화살을 날리겠습니다."

조선군에서 기병이 심양으로 달려갔다. 백기를 걸고 달려간 기병은 심양 성문으로 화살을 날렸다.

화살을 받은 심양은 바로 화답했다.

백기가 내걸리고 심양의 북문이 열렸다. 그런 북문으로 심양성의 백성과 청군 병사들이 쏟아져 나와 전장을 수습했다.

조선 기병과 카자크들은 전장에서 멀리 떨어져 이들을 감시했다. 이러는 동안에도 조선군의 도강은 꾸준히 진행되었다.

❁

이틀 후.

전장이 수습되고 도강도 끝났다.

심양 성문이 다시 닫히고 백기가 걷혔다.

수천 명의 부상병을 안으로 들였다.

그렇게 들어온 부상병들은 하루에도 수백 명이나 죽어 나갔다. 그 바람에 심양 성내의 분위기는 더없이 가라앉아 버렸다.

성경장군 화림이 연거푸 독한 화주를 직접 따라 마셨다. 그러나 답답한 속은 조금도 풀어지지 않고 울화만 쌓여 갔다.

인상을 쓰던 화림이 다시 술병을 잡았다. 그것을 본 청군 장수가 급히 만류했다.

"대인, 그만 드시지요. 대인께서 취한 모습을 보이면 기강이 크게 흐트러집니다."

성경장군이 한숨을 내쉬었다.

"후! 내가 그걸 왜 모르겠나. 속이 답답해서 견딜 수가 없어서 그러니 이해하게."

이런 화림이 술을 따라 단숨에 비웠다.

"빌어먹을! 내가 생각을 잘못했어. 부상자들을 성으로 데리고 들어오지 않았어야 했어. 그러지 않았다면 성안의 분위기가 이렇듯 급전직하하지도 않았을 거야."

예부시랑이 위로했다.

"대인, 너무 자책하지 마십시오. 불가항력이었습니다. 대인도 그렇지만 우리도 이러한 상황이 발생할 거란 점은 예견했었습니다. 그렇다고 부상자들을 데리고 들어오지 않을 수는 없었습니다."

청국 장수가 동조했다.

"맞습니다. 만일 부상자들을 방치했다면 상황은 지금보다 더 최악이 되었을 겁니다."

화림이 이를 갈았다.

"으득! 조선군에 전장을 수습하도록 시간을 준 것이 독이었어. 우리는 독인 줄 알면서도 그걸 먹지 않을 수 없었고."

청군 장수가 나섰다.

"이제는 어쩔 수 없습니다. 그리고 그나마 다행한 사실은 병사들이 처음보다는 공포에 의연해졌다는 겁니다."

"그래?"

"공포심은 요물입니다. 공포를 처음 접하면 거기에 짓눌려 버리는 경우가 많습니다. 그러나 더 큰 공포를 경험하게 되면 처음에 가졌던 공포심은 의외로 쉽게 벗어날 수 있습니다. 지금의 병사들이 바로 그런 상황입니다."

기병 격전의 전장은 지옥도를 방불했다.

전장에 널려 있는 시신 중 온전한 것이 거의 없었다. 질주하던 말에서 낙마하면 적어도 몇 군데는 부러진다. 그런 상황에서 뒤따르던 말이 밟기라도 한다면 시신은 걸레가 된다.

그뿐 아니라 전장에는 말의 사체도 수없이 널브러져 있다. 그리고 부상자와 다친 말도 온 전장에 흩어져 있었다.

심양의 병사들은 이런 전장을 수습하면서 최악을 경험했다. 그 바람에 일부는 넋이 나가기도 했으나, 역설적으로 처음보다 분위기가 훨씬 안정되어 갔다.

성경장군이 몸을 부르르 떨었다. 그도 부상자들을 둘러보며 그 처참함에 수없이 고개를 저었었다.

그가 질문했다.

"조선군이 곧 본격적으로 공세를 가할 것이다. 그런 공세를 우리가 막아 낼 수 있을까?"

청군 장수가 고개를 저었다.

"쉽지 않을 겁니다. 그러나 병사들의 마음가짐이 달라진 만큼 결코 쉽게 패하지도 않을 겁니다."

"으음!"

절로 침음이 났다. 그러나 지금은 무언가라도 끈을 잡아야만 안심이 되는 상황이었다.

"알겠네. 오늘은 저들도 공격을 하지 않을 터이니 병사들을 잘 먹이고 푹 쉬게 하게."

"알겠습니다."

호조시랑이 나섰다.

"비축한 육류를 방출해 병사들의 배를 든든히 채우겠습니다."

"그렇게 하게."

지시를 받은 사람들이 물러갔다. 그렇게 사람들을 내보낸 화림은 밤늦게까지 잠을 이루지 못했다.

도강을 마친 조선군은 하루를 온전히 쉬었다. 그리고 다음 날, 여명이 되기도 전에 움직였다.

조선군 진영에서 횃불이 밝혀지고 부산한 움직임이 포착되었다. 그것을 확인한 심양의 관측병이 급히 비상종을 타종했다.

땡! 땡! 땡! 땡!

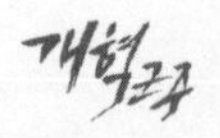

갑작스러운 비상종 소리로 심양성도 잠에서 깨어났다. 조선군은 비상종 소리를 들으면서 대오를 정비해 가며 성을 포위했다.

조선군은 천천히 심양을 에워쌌다. 그러다 아침나절 무렵 완전히 포위했다.

조선군은 결코 서두르지 않았다.

심양을 포위한 조선군은 가장 먼저 참호 작업을 시작했다. 참호와 교통호 등을 파는 데 한나절이 걸렸으며, 이날은 그렇게 넘겼다.

❀

그런 다음 날 새벽.

조선군 포대가 먼저 불을 뿜었다.

쾅! 쾅! 쾅! 쾅!

수 킬로미터 밖에서 포대를 구축하는 것을 심양성도 알고 있었다. 그러나 조선군 포진은 포격 거리가 아니어서 나름 안도했다.

이들은 조선군이 대포를 자신들이 구축해 놓은 방책까지 전진시킬 거라고 예상했다. 그렇게만 된다면 자신들의 홍이포로 격살시킬 수 있었다.

심양성도 나름 철저히 준비를 했다.

먼저 성에서 수백 장丈 전면에 사람 키 높이로 열 겹의 구덩이를 파 두었다. 그리고 죽창 등을 꽂아 두어 효과를 배가했다.

여기에 얕지만 해자를 새로 팠으며, 그 끝에 나무 울타리를 세웠다. 그리고 본래의 해자도 기존보다 훨씬 넓게 보강해 두었다.

해자 너머에는 홍이포도 배치했다.

포환은 운동에너지로 위력을 발한다. 그래서 곡선보다는 직선 포격의 위력이 훨씬 강하다.

기존의 공성전이었다면 이러한 방책은 상당한 효과를 발휘할 수 있었다. 그러나 조선군의 공격은 기존과는 전혀 다른 방식이었다.

꽈광! 쾅 쾅!

포격이 시작되자 심양성의 반응은 요양이나 봉황성과 다르지 않았다. 생각지도 않은 거리에서 포격한 조선군에 하나같이 경악했다.

청국은 조선의 군사력에 대한 정보가 부족했다. 그런 청국이라 누구도 이러한 상황을 예상하지 못했다.

심양의 성벽에는 병사들과 징집한 장정들로 가득했다. 이런 성벽을 포격한 고폭탄은 이내 성벽 위를 아비규환으로 만들었다.

성벽 아래에 포진한 심양 포대는 크게 당황했다. 청군 포병대장은 급히 칼을 빼 들었다.

"조선군이 포격을 시작했다. 우리도 즉각 대응한다. 모든 화포는 포신을 최고로 조절해 방포하라!"

쾅! 쾅! 쾅! 쾅!

굉음과 함께 심양성 포대도 불을 뿜었다. 이렇듯 반격도 빨랐으나 거리 격차를 줄이지는 못했다.

이러한 반격은 이내 재앙이 되었다. 심양 포대가 반격하자 포연으로 위치를 확인한 조선군 포대는 바로 대응했다.

꽈꽝! 펑! 쾅!

지상에는 각종 방어책을 펼쳐 두었다.

그러나 포대에는 모래주머니로 전면을 가린 정도였다. 이런 포대에 조선군 포탄이 쏟아지자 그대로 박살 났다.

엄청난 유폭으로 주변이 초토화되었다. 그렇게 유폭이 이어지면서 순식간에 포대가 무너졌다.

이로 인해 심양의 청군은 조선군 포격에 마땅히 대응할 수단도 없어졌다. 그리고 이러한 상황은 또 다른 재앙을 불러왔다.

"박격포를 전진 배치하라!"

1군 사령관의 지시가 떨어지자 장병들이 참호를 나와 달려갔다. 박격포반은 열 명이 1조로 구성되어 있었다.

전방으로 달려간 장병들은 먼저 땅을 파고는 주변을 정리했다. 이어서 박격포가 조립되었으며, 다른 병사들은 소총을 들어 전방을 경계했다.

조립을 마친 병사가 소리쳤다.

"조립 끝! 포격 준비 완료!"

포반장이 들고 있던 깃발을 들었다. 같은 깃발이 순식간에 사방에서 올라갔다.

모든 박격포가 준비된 것을 확인한 사령관이 명령했다.

"박격포! 포격을 개시하라!"

옆에 있던 통신무관이 힘차게 깃발을 저었다. 그것을 본 포반장이 깃발을 내리며 소리쳤다.

"포격 개시!"

퐁! 퐁! 퐁! 퐁!

그 순간, 수백 발의 포탄이 하늘을 날았다.

박격포는 강선이 없는 활강식이어서 날개를 달아 탄착군을 안정시킨다. 이런 박격포의 포탄은 압력을 적게 받아 표피가 얇다.

그 바람에 폭발하면서 표피가 잘게 비산되어 인마 살상에 효과적이다. 이런 포탄이 야포의 포탄과 함께 쏟아지면서 엄청난 상승효과를 불러왔다.

심양은 청나라의 배도이지만 요양보다 작다. 그런 심양으로 야포에 이어 박격포까지 포격을 감행하니 성내는 완전히 지옥도가 연출되었다.

조선군은 무리한 공격을 하지 않았다.

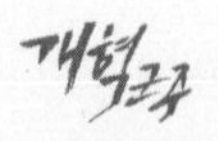

박격포의 포격이 시작되면서 야포는 성벽을 노렸다. 포탄도 고폭탄에서 철갑탄으로 바꾼 포격에 심양성은 조금씩 무너져 내렸다.

그러다 날이 저물며 포격이 중단되었다. 하루 동안의 포격으로 성내에서 온전한 건물은 성의 내성에 있는 황궁과 장군부 정도였다.

조선군은 심양 성내 백성들의 심리를 교묘히 이용하고 있었다. 그래서 일부러 신경을 써서 포격을 하고 있었다.

심양에는 봉금령 내의 만주족들이 대거 피난해 와 있었다. 그런 만주족들과 심양의 청군들은 조선군의 포격에 하나같이 내성으로 몰려들었다.

내성은 그야말로 인산인해였다.

봉금령에 살고 있는 만주족들은 청국이 북경에 입성할 때 따라가지 않은 사람들이었다. 이런 만주족들은 대개 자유분방한 성격을 갖고 있다.

이들 사이에서 불평불만이 터져 나왔다. 이들은 굳게 닫혀 있는 황성을 개방할 것을 요구했다.

성경장군은 이런 요청을 묵살했다.

황성은 황제의 집이다. 아무리 전쟁 중이라고 해도 황성을 개방할 수는 없었다.

그러나 봉금령에서 피난한 만주족들은 막무가내였다. 이들에게는 황실의 권위보다 자신과 가족들의 안위가 더 중요했다.

시간이 지날수록 불만은 쌓여만 갔다. 다행히 날이 저물면서 이들의 불만이 행동으로 나타나지는 않았다.

이날 저녁.

화림이 지휘관을 소집했다.

화림이 실내를 죽 둘러봤다.

"모두들 무사해서 다행이군요."

청국 장수가 얼굴을 붉혔다.

"장수로서 아무것도 하지 못해 부끄러울 따름입니다. 소장이 무탈한 건 조선군의 포격이 여기로 떨어지지 않아서입니다."

"그런 말씀 마세요. 요양이 힘도 쓰지 못하고 무너진 원인이 지휘부의 부재입니다. 요양성주와 지휘부가 서전에 몰살되지 않았다면 그렇게 쉽게 성을 내주지는 않았을 겁니다."

"후! 그렇기는 합니다."

예부시랑이 나섰다.

"그나저나 피난하기 위해 들어온 부족들 때문에 큰일입니다. 내일도 조선군의 포격이 이어질 겁니다. 오늘처럼 포격이 이어진다는 보장도 없고요. 만일 중심부에도 포격이 진행된다면 피난민들이 폭도로 돌변할 수도 있습니다."

화림이 얼굴을 일그러트렸다.

"아무리 그렇다고 해도 황성을 개방할 수는 없소이다. 황성을 개방한다면 우리 모두는 황실을 능멸한 죄로 살아남지 못합니다."

호부시랑이 적극 동조했다.

"옳은 말씀입니다. 황실을 개방할 바에야 차라리 항복하는 게 옳습니다."

화림이 질책했다.

"지금 무슨 그런 말을 하는 거요? 적과 교전을 벌이고 있는 와중인데 어찌 항복을 입에 담는단 말씀이오."

호부시랑이 물러서지 않았다.

"그만큼 중대한 사안이라는 말씀입니다. 어떠한 일이 있더라도 황성을 지켜 내야 합니다."

"알겠습니다. 내일은 병력을 풀어서라도 황궁을 사수토록 하지요."

"감사합니다, 대인."

청군 장수가 나섰다.

"조선군도 황궁만큼은 공격하지 않고 있습니다. 하물며 대청의 신민이 황궁을 개방하라는 불측한 말을 거론하는 것은 있을 수 없는 일입니다. 만일 내일도 그런 말이 나온다면 일벌백계를 해야 할 것입니다."

화림이 고개를 저었다.

"나도 그러고 싶네. 그러나 지금 같은 상황에서 그렇게 한다면 정말 큰일이 일어날 수가 있네."

예부시랑이 나섰다.

"그나저나 조선군의 대포가 이토록 대단한 위력을 발할 줄 몰랐습니다. 그뿐 아니라 나중에 투입된 작은 화포의 위력도 엄청나고요."

호부시랑도 동조했다.

"봉황과 요양이 힘도 쓰지 못하고 항복한 게 다 이유가 있었습니다."

화림이 한숨을 내쉬었다.

"후! 조선군에 대해 너무 몰랐어. 만일 조선의 군사력에 대한 정보를 알고 있었다면 방어책부터 이렇게 설치하지 않았어."

모두의 입에서 한숨이 터졌다.

"그나저나 내일이 큰일이구나. 조선군의 포격이 내일도 오늘처럼 진행된다면 성벽이 더 이상 버텨 내지 못할 거야. 그러면……."

화림이 말을 맺지 못했다. 그러나 사람들은 그가 무슨 말을 하려는 건지 짐작했다.

청국 장수 중 한 명이 나섰다.

"대인, 이대로 무너질 수는 없습니다. 소장에게 병력을 내주시면 죽기를 각오하고 활로를 뚫어 보겠사옵니다."

화림이 고개를 저었다.

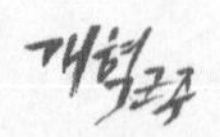

"어려운 일이야. 귀관도 봐서 알겠지만, 조선군은 호를 파서 숨어 있네. 그런 조선군을 어떻게 상대한단 말인가?"

"그렇다고 성이 무너질 때까지 앉아서 기다릴 수는 없습니다."

화림이 거듭 고개를 저었다.

"아니야. 결기만으로 난국을 해결할 수 있는 상황이 아니야. 정황기도 전멸시킨 조선군과 성안 병력이 전면 격돌하는 건 무리야. 더구나 이만여 남짓이던 병력도 오늘의 공격에 상당한 손실을 입었잖아."

"후!"

화림이 다독였다.

"안타깝지만 참고 또 참자. 저들이 성을 점령하려면 보병을 투입해야 해. 우리가 반격할 수 있는 때는 바로 그 시점이야. 그러니 병력을 최대한 보존하고 있어야 해."

청군 장수들도 자신들이 보유한 병력이 오합지졸에 가깝다는 걸 알고 있었다. 그래서 화림의 거듭된 다독임에 하나같이 고개를 숙였다.

"알겠습니다."

❁

다음 날.

새벽부터 포격이 재개되었다.

포격은 전날과는 양상을 달리했다.

아니, 비슷하기는 했지만 조금씩 내성으로 포격을 집중되었다. 그로 인해 내성 외곽에 있던 만주족들이 포격에 노출되기 시작했다.

만주족들은 혼비백산했다.

"으악! 어떻게 된 거야. 여기로 포탄이 날아오다니!"

"어서 피해라! 잘못하다간 폭사할 수 있으니 더 중심부로 들어가라!"

"황성을 개방하게 하자!"

"가자!"

다급한 만주족이 장군부로 몰려갔다.

그러나 전날의 일로 인해 장군부와 황성은 청군이 이중 삼중으로 경계를 하고 있었다. 그런 장면을 마주한 만주족은 크게 분노했다. 하지만 창칼을 빼 들고 있는 병사들의 서슬에 만주족들은 주춤할 수밖에 없다.

그렇게 대치가 이어지고 있을 무렵, 무섭게 쏘아지던 포격이 갑자기 중지되었다.

장군부로 몰려왔던 만주족도 청군 병사들도 눈이 휘둥그레졌다. 이들은 무슨 상황인지 영문도 모른 채 웅성거리며 사방을 둘러봤다.

잠시 시간이 흘렀다.

조선군에서 기병 한 명이 달려오더니 각종 방책을 조심스럽게 돌파했다. 그러고는 심양성의 반쯤 무너진 성루에 활을 쏘고 돌아갔다.

잠시 후, 화림이 활에 묶인 편지를 받았다. 편지를 읽던 화림이 분노하며 탁자를 내리쳤다.

쾅!

"이게 뭐야! 조선봉자 놈들이 감히 대청의 성경장군인 나에게 항복하라니. 으득! 조선군 지휘관이 어떤 놈인지 당장 찢어 죽여 버릴 것이다."

예부시랑이 편지를 읽고는 의아해했다.

"대인, 이게 정녕 사실일까요?"

"무엇이 사실이란 말이오?"

"항복하지 않으면 황궁을 포격해서 초토화하겠다고 했습니다. 이 말은 조선군이 일부러 내성을 포격하지 않았다는 의미 아닙니까?"

분노하던 화림의 안색이 해쓱해졌다.

그러나 그는 이내 강하게 고개를 저었다.

"그럴 리가 없소. 만일 그 말이 맞으면 처음부터 포격했겠지. 지금까지 놔두었을 리가 없소."

이때였다.

갑자기 포탄 날아오는 소리가 들렸다. 지축을 뒤흔들던 포격이 멈춘 상태여서 포탄 소리는 모두에게 들렸다.

화림은 설마 하는 표정으로 고개를 들어 천장을 올려다봤다.

그리고.

쾅!

성경장군부와 황성은 접해 있었다. 그래서 황성에서 포탄이 폭발하는 소리를 똑똑히 들을 수 있었다.

화림이 놀라 벌떡 일어났다.

"지금 황성이 포격당한 게 맞지?"

이 질문에 전각에 있던 장수 몇 명이 우르르 몰려나갔다.

그렇게 나간 장수들이 돌아온 건 얼마 지나지 않아서였다.

"대인! 큰일 났습니다. 황성의 청녕궁淸寧宮이 조선군의 포격을 당해 불타고 있습니다."

놀란 화림이 후다닥 밖으로 뛰쳐나갔다. 그런 그는 황성 방면을 바라보다 비명을 질렀다.

"아아! 청녕궁이다. 태종 폐하께서 건립하신 청녕궁이 불타고 있어."

청녕궁의 원래 이름은 정궁正宮이었다. 그런 전각 일대는 과거 청나라 태종의 왕부王府였다.

청나라 태종은 즉위하면서 대대적으로 황궁을 증축했다. 황성을 넓히면서 황궁과 접해 있던 자신의 왕부도 포함시켰다.

청녕궁에는 몇 개의 부속 건물이 있었으며, 3대 황제인 순치제는 그중 영복궁永福宮에서 탄생했다.

청나라 태종은 조선과 악연이 깊다.

이름이 홍타이지皇太極인 그는 굴종하지 않던 조선을 침략해 끝내 굴복시켰다. 승전한 청나라는 무려 오십만여의 포로를 잡아가서는 갖은 고초를 안겼었다.

소현세자와 봉림대군도 볼모로 10여 년의 세월을 보내야 했다. 이러한 청나라 태종이 건립한 청녕궁이 포격을 당해 불타고 있었다.

잠깐 넋이 나갔던 화림이 소리쳤다.

"어서! 어서 병력을 보내 불을 꺼라!"

이 호통이 떨어지고 나서야 청국 무장 몇이 주변 병력과 허둥대며 달려갔다.

심양황성

청녕궁이 포격당한 상황을 조선군은 알 수 없었다. 그러나 망원경으로 적정을 살피던 척후는 청국 황궁의 전각이 불타오르고 있는 것은 확인했다.

세자가 보고를 받았다.

"황성이 포격을 당했다면 효과는 배가되겠네요."

백동수도 동조했다.

"저들로서는 엄청난 충격이었을 겁니다."

"그렇겠지요. 우리가 일부러 중심부를 공략하지 않았다는 사실을 몰랐을 테니까요."

"저하! 심양이 무너지면 만주 전체가 넘어간다는 사실을 누구보다 잘 아는 저들입니다. 그래서 쉽게 항복하지 않을 겁니다. 그래서 드리는 말씀인데, 아예 대대적인 포격을 가해 내성을 초토화하는 건 어떻게 생각하시는지요."

세자가 고개를 저었다.

"좋지 않습니다. 저들을 너무 압박하면 죽기 살기로 반발할 수 있습니다. 저들이 끝까지 저항하면 보병을 들여보내야 하는데, 그리되면 시가전이 벌어지면서 아군도 큰 피해를 입을 우려가 많습니다."

"지금처럼 희망을 남겨 둔 상태로 차곡차곡 말려 가자는 말씀이군요."

"그래요. 청군도 그렇지만 일반 백성들이 삶의 희망을 버리지 못하도록 해야 합니다. 그래야 항복을 유도할 수 있어요."

"알겠습니다. 1군 사령관에게 저하의 뜻을 다시금 전달하겠습니다."

"부탁드려요."

포탄 한 발이었다.

황성에 떨어진 포탄 한 발로 심양 성내의 분위기는 완전히 바뀌었다. 이제는 황성을 개방한다고 해도 언제 죽을지 모르는 상황이 되었다.

이어서 다시 포탄이 날아들었다.

이번에는 피난민이 몰려 있는 지점에 떨어졌다. 워낙 많은 사람이 겹쳐 있던 터라 단번에 백여 명이 넘는 사상자가 발생했다.

"으악! 살려 줘!"

"내 팔! 내 팔!"

전날만 해도 중심부에만 있어도 살 수 있다고 생각했다. 그러나 이제는 그런 희망이 날아가면서 만주족의 공포심은 극에 달했다.

그럼에도 만주족은 흩어지지 않았다.

조선군이 포탄을 한 발씩 쏘아 대고 있어서 그것만 피하면 된다는 희망이 있었다. 그래서 더 안으로 모여들었으며, 그로 인해 한 번의 포격에 수백 명씩이 갈려 나갔다.

그러나 단발 포격만 이어지지 않았다.

한 발씩 포격하다 갑자기 포탄을 쏟아부었다. 물론 내성 중심부를 제외한 포격이었지만 갑작스러운 대규모 포격에 만주족들의 공포심은 배가되었다.

그렇게 만주족이 공포심에 물들 무렵, 포격은 다시 단발로 바뀌었다. 이런 식의 포격이 반복되었으며, 이날은 밤새도록 포격이 이어졌다.

이제는 중심부도 안전하지 않은 상황이었다. 그래서 심양성은 이날 누구도 잠을 이루지 못했다.

그리고 다시 하루가 지났다.

이날은 새벽부터 조선군이 전령을 보냈다. 전문은 전날과 같이 항복을 권유하는 내용이었다.

화림은 전날과 달리 고심했다. 그러나 항복은 쉽게 결정을 내릴 수 있는 사안이 아니었다.

이때, 갑자기 문이 열렸다.

"대인, 잠시 밖으로 나와 보십시오. 조선군의 움직임이 이상합니다."

"조선군이 또 무슨 짓을 벌이는데 그래?"

"조선군이 우리가 만들어 놓은 첫 번째 함정을 메우고 있습니다."

"그래?"

화림이 급히 전각을 나왔다.

그리고 반쯤 무너진 성루에 올랐다. 그런 그의 시야에 사방에서 작업을 하고 있는 조선군의 모습이 들어왔다.

옆에 있던 장수가 우려했다.

"조선군이 공성전을 벌이려는 것 같습니다."

"으음!"

절로 침음이 났다.

"큰일입니다. 사기가 최악인 지금 같은 상황에서 공성전이 벌어진다면 막아 내기 어렵습니다."

"화포는 어떻게 수습된 것이 있나?"

"송구하지만 하나도 없습니다."

화림이 장탄식을 했다.

"아아! 우리가 참으로 큰 실수를 했구나."

"그러하옵니다. 만일의 경우를 대비해서 화포를 남겨 두었어야 했습니다. 그랬다면 저런 조선군을 그냥 두지 않았을 겁니다."

예부시랑이 나섰다.

"이제 와서 아쉬워해 봐야 아무 소용이 없습니다. 지금 당장 저들의 공세를 막을 방도를 찾는 게 급선무입니다."

"……."

예부시랑의 말에 누구도 나서지 못했다. 그런 장수들의 반응에 화림이 고개를 저으며 아쉬워했다.

화림은 순간 등줄기가 서늘해졌다.

'아차! 이거 잘못하다간 우리가 표적이 되겠어.'

그가 급히 몸을 돌렸다.

"돌아가자!"

조선군은 방책을 해체하면서 심양의 동태를 살피고 있었다. 그런 조선군은 일단의 병력이 서문 성루에 오른 것을 확인하고는 포격했다.

쾅! 쾅! 쾅! 쾅!

심양성의 서문에 포격이 집중되었다. 화림과 청군 지휘부가 성루를 내려오기도 전에 조선군의 포탄이 먼저 도착했다.

꽈꽝! 꽝! 꽝!

"으악!"

화림은 급히 내려오던 도중 굉음과 함께 무언가의 충격에 그대로 정신을 잃었다.

그리고 얼마의 시간이 지났다.

화림은 엄청난 통증을 느끼며 정신이 들었다. 그러나 입에서 먼저 나온 말은 신음이었다.

"으으!"

누군가 옆에서 외치는 소리가 들렸다.

"대인! 정신이 드시옵니까?"

분명 귀에 익은 목소리였다. 그러나 워낙 통증이 심해 누구의 목소리인지 바로 알아듣지 못했다.

화림은 정신을 차리려고 노력했다.

"으으! 그대는, 그대는 누구요?"

"대인! 호부시랑 덕린입니다."

"아! 호부대인."

"예. 어떻게 정신이 드시옵니까?"

"으음! 물, 물 좀 주시오."

덕린이 급히 물을 가져오게 했다. 그렇게 가져온 물을 한 모금 마시고서야 정신이 수습되었다.

"어떻게……. 으윽! 어떻게 된 일이오?"

"우리가 성루를 내려오기 전에 조선군의 포격이 덮쳤습니다. 그 바람에 많은 사람이 죽거나 다쳤습니다. 대인께서도 성벽 파편에 머리를 다치셨고요."

"으! 그래서 머리가 이토록 아픈 것이었군. 그런데 얼마나 사상자가 나온 것이오?"

"그, 그게."

덕린이 쉽게 설명을 못 했다.

그것을 본 화림은 순간 정신이 아득해졌으나 재촉했다.

"괜찮소. 피해가 얼마인지 말씀해 보시오."

"우선 소인을 제외한 성경 조정의 중신들이 안타깝게 모두 유명을 달리했습니다."

화림이 깜짝 놀랐다.

"모두 돌아가셨다는 말이오?"

"그렇사옵니다. 예부시랑께서는 현장에서는 살아 계셨었는데, 워낙 상태가 위중해 방금 사망하셨습니다."

"아아!"

"그리고 군 지휘부 대부분도 사망했습니다. 남은 사람들도 중상이고요."

모두가 죽거나 다쳤다. 그런데도 호부시랑만 무사한 것이 이상해 화림이 호부시랑을 바라봤다.

그 눈길을 받은 덕림이 쓴웃음을 지었다. 그러면서 자신의 팔을 들어 보였는데, 놀랍게도 한쪽 팔이 완전히 뭉그러져 있었다.

"소인도 무사하지는 못했습니다."

"아! 대인도 큰 부상을 당했구려. 그런데 그런 중상을 당하고도 어찌 이렇게 앉아 계시는 거요?"

덕린이 한숨을 내쉬었다.

"모든 지도부가 유고된 상황입니다. 그나마 저만이 정신을 차리고 있어서 상황을 수습해야 했습니다. 그래서 어쩔 수 없이 통증을 잊으려고 아편을 사용했습니다."

화림의 안색이 더없이 창백해졌다.

"호부대인! 어찌 그와 같은 결정을 하셨단 말씀이오. 아편은 중독성이 강해 두고두고 문제가 된다는 걸 잘 아시지 않소이까?"

덕린이 고개를 저었다.

"어쩔 수 없었습니다. 저마저 누웠다면 심양은 벌써 무너지고 말았을 겁니다."

"아아! 대인."

화림이 한동안 말을 못 했다. 그러던 그가 무언가를 결심하고는 자책했다.

"……이 모두가 나의 부덕의 소치요. 내가 진즉 결단을 내렸다면 여기까지 오지도 않았을 터인데, 내가 너무 무능했어요."

덕린의 눈이 커졌다.

"대인! 지금 무슨 말씀을 하시는 겁니까?"

화림이 고개를 저었다.

"그만합시다. 더 이상의 항전은 의미가 없을 거 같소이다."

"절대 그렇지 않습니다. 고인이 되신 분의 뜻을 기리기 위해서라도 단 한 명이 남을 때까지 결사 항전해야 합니다."

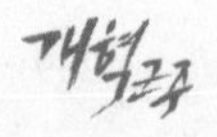

"아닙니다. 솔직히 다른 분들은 모두 항복을 원하고 있었어요. 그걸 알면서도 끝내 미련을 버리지 못한 게 나고요. 그러나 이제는 결정해야 합니다. 지휘부까지 부재한 지금 군을 통솔하는 일조차 버겁게 된 건 사실이지 않습니까?"

"대인!"

화림이 손을 들었다.

"이제 그만합시다. 나도 끝까지 싸우지 못하는 것이 아쉽기는 합니다. 속국에 지나지 않은 조선에 굴종하고 싶지도 않고요. 그러나 섶을 지고 불로 뛰어들 수는 없습니다. 여기서 더 버티면 수십만의 백성들까지 위험합니다."

"……후우!"

"미안하지만 호부대인께서 항복 협상을 주도해 주셨으면 합니다."

"……알겠습니다."

잠시 후.

심양성의 성벽 위에 백기가 내걸렸다.

"만세!"

"이겼다!"

조선군은 환호했다. 십오만의 병력이 마음껏 외치는 환호는 만주 벌판 끝까지 퍼져 나갔다.

❁

조선군은 빠르게 심양을 수습했다.

가장 먼저 포로들을 분류했다.

심양성에는 피난하기 위해 들어온 이십만여 명의 만주족과 이만여 명의 청군이 있었다. 이들 중에서 젊고 몸이 좋은 십만이 넘는 사내들을 추려 냈다.

그들의 발목에 족쇄를 채우고 양팔에는 사슬이 연결된 수갑을 채웠다. 그리고 나이는 들었으나 그나마 힘을 쓸 수 있는 사내 일만도 따로 추렸다.

포로들은 도로 공사 현장에 투입했다.

조선과 요동 사이에는 험준한 산맥이 가로놓여 있다. 이 산맥은 백두산을 중심으로 두만강 방면은 장백산맥, 압록강 방면은 천산 산맥으로 불린다.

특히 천산 산맥은 요동과 조선을 자연적인 경계선으로 갈라놓고 있었다. 그로 인해 조선에서 요동으로 오려면 고생을 하며 험지를 넘어야 한다.

세자는 이런 문제를 없애려 한다.

그 일환으로 의주대로와 연결되는 도로를 부설할 계획을 갖고 있었다. 이렇게 되면 교류가 원활해지면서 북방 통치에 큰 제약이 없어진다.

도로는 계곡을 따로 새롭게 건설된다. 특히 철도 부설을

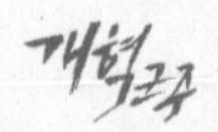

위해서라도 도로건설은 반드시 필요했다.

세자는 요동의 심양을 교통 중심지로 만들 계획을 갖고 있었다. 의주 방면에서 계곡을 따라 도로를 부설하면 심양까지 거의 직선이 되기 때문이다.

아울러 만주 지역을 사통팔달할 수 있는 하얼빈도 크게 육성할 계획이었다. 이렇듯 세자는 북벌과 함께 요동과 만주 장악에 대한 계획까지 미리 수립해 놓고 있었다.

이러한 세자의 계획에 발맞추기 위해 조선군은 빠르게 포로를 정리했다. 그러면서 남은 포로들을 전부 동원해 심양 도심을 정비했다.

이러한 노력으로 불과 사흘 만에 심양성과 포로들이 정리되었다. 십만이 넘게 정리된 포로들은 가장 먼저 도로 건설에 투입되었다.

심양은 만주와 요동의 중심지다.

그런 심양에는 항상 막대한 군량을 비축해 놓고 있었다. 이런 군량미가 내성에 있어서 다행히 소실이 많지 않았다.

이런 군량미 일부를 나이든 포로들을 동원해 수송시켰다. 십만이 넘는 숫자와 패전의 여파로 포로들은 한없이 느리게 움직였다.

포로 행렬을 바라보던 세자가 우려했다.

"이동속도가 너무 늦는 거 아닌가요?"

포로 관리를 위해 본토에서 예비사단이 올라와 있었다. 그

예비사단의 사단장이 설명했다.

"지금은 너무 다그치지 않는 것이 좋습니다. 그리고 늦는다고 해도 꾸준히 이동하면 며칠 내로 산지에 도착하게 됩니다. 포로들을 다그치는 건 그때부터 해도 충분합니다."

"산악 지대가 험해 도로 공사를 하기가 쉽지 않을 겁니다. 모쪼록 사고가 나지 않도록 조심하세요."

"아무리 산지가 험해도 해야지요. 요동과 본토가 편안히 왕래하기 위해서는 반드시 새로운 도로가 필요합니다."

"그렇기는 합니다만 안전에 조심하세요."

"조심은 할 것입니다. 그러나 도로 개설을 빨리 마쳐야 북방 장악은 물론 북벌도 편해지므로 약간의 문제는 무시할 계획입니다."

세자는 예비사단장이 포로들을 험하게 다룰 거란 느낌이 들었다. 그러나 관통 도로가 빨리 개통되어야 북벌에 유리하다는 말은 맞아서 일부러 추궁하지는 않았다.

"……그래도 조심하세요. 그리고 식량은 넉넉하니 일은 고되게 시키더라도 먹는 것만큼은 아끼지 마세요."

예비사단장이 대답했다.

"심양에서 가져가는 쌀만 10만 석이 넘습니다. 간장을 비롯한 양념도 다행히 충분하고요. 그 정도의 양곡이라면 저하의 지시대로 먹는 것만큼은 넉넉히 배급할 수 있사옵니다."

백동수가 주의를 주었다.

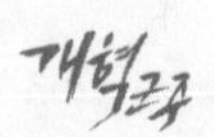

"만주족 중에는 쓸데없는 자만심을 갖고 있는 자들이 있을 거네. 혹여 그런 일로 문제가 생기면 반드시 일벌백계로 다스려야 하네."

"당연히 그렇게 하겠습니다. 우리가 저들에게 당한 시절이 이백 년이 넘습니다. 그 한을 풀기 위해서라도 철저하게 관리할 예정입니다."

"봉성 방면의 포로들도 잘 관리하고 있겠지?"

"물론입니다. 봉성의 포로들도 처음에는 반발이 상당했었습니다. 그들에게 우리는 언제까지나 속국이었으니까요. 그래서 우리를 무시하며 반항하는 자들은 공개 처형시켰습니다. 그렇게 엄하게 몇 번 다스린 뒤로는 반발이나 불평을 하는 자들이 완전히 없어졌습니다."

예비사단장이 포로들을 바라봤다.

"이번의 포로는 십만이 훌쩍 넘습니다. 저렇게 많은 포로를 관리하기 위해서는 좀 더 철저하게 관리해야 할 듯합니다."

"당연히 그래야겠지."

두 사람은 대놓고 만주족을 강압해야 한다는 대화를 주고받았다. 그런 대화를 들으며 세자는 내심 고개를 저었다.

세자가 조선에 와서 놀란 부분 중 하나가 만주족에 대한 한이었다. 거의 모든 백성은 마음속 깊이 병자호란에 대한 한을 사무치게 갖고 있었다.

그만큼 만주족의 배신에 대한 충격은 크고도 깊었다. 그 바람에 북벌이 본격화하자 온 나라가 열화와 같은 성원을 보냈다.

세자가 애써 두 사람의 말을 외면했다.

'만주족 포로들을 조금 강압한다고 해서 그것을 문제 삼을 수는 없다. 우리 백성들이 만주족에 대한 치욕과 한이 얼마나 큰지 잘 알고 있는 내가 그렇게 한다면 오히려 역효과만 낳게 된다.'

이때, 백동수가 나섰다.

"저하! 그만 입성하시지요."

"그럽시다."

예비사단장이 인사했다.

"저하! 소장은 여기서 돌아가겠습니다."

"조심해서 돌아가시고 공사 상황을 잘 부탁합니다."

"최대한 서둘러 내년 봄이 오기 전에는 교통이 될 수 있도록 하겠습니다."

세자가 우려했다.

"겨우내 공사를 강행하려고 합니까?"

"봄이 되기 전까지 기본적인 공사는 마치려고 합니다. 그렇지 않고 봄을 맞이하면 몇 개월 동안 땅이 질어 허송세월하게 됩니다."

"아! 땅이 녹으면 공사가 어렵지요?"

"예, 그렇습니다. 그리고 산지를 봄에 잘못 손대면 대규모

산사태가 날 우려가 있습니다. 그래서 공사는 지금 하는 게 좋습니다."

"겨울의 추위가 혹독할 터인데요."

"포로들에게 기본적인 월동 장구는 배급할 생각입니다. 그러면 충분히 버틸 수 있을 겁니다. 그리고 저들도 봄에 공사하는 것보다 겨울이 좋다는 걸 잘 알고 있을 것입니다."

"그럴 수도 있겠네요."

"예. 그럼 소장은 이만 돌아가겠습니다. 충!"

"수고하세요."

군례를 마친 예비사단장이 서둘러 돌아갔다. 그런 그를 잠시 바라보던 세자가 몸을 돌렸다.

세자가 심양으로 다가갔다.

이미 비상 방책은 모두 메워진 상태였다. 그래서 세자와 지휘부는 편안하게 이동할 수 있었다.

세자가 이동한 방향은 서문이었다.

백동수가 서문을 바라보며 설명했다.

"저기 보이는 심양성 서문은 우리 조선에 한이 많이 맺혀 있습니다."

"병자호란 때의 일을 말씀하는 거지요?"

"그렇사옵니다. 병자호란 당시 심양으로 끌려온 삼학사는 청조의 온갖 회유에도 굴하지 않았었습니다. 그러다 이듬해 봄, 저 서문 앞에서 소현세자가 보는 앞에서 매를 맞아 죽었습니다."

"아! 그래요?"

"저 서문은 북경으로 가는 방향입니다. 그래서 청 태종이 명나라를 보고 죽으라고 삼학사를 잔혹하게 처형했습니다. 그러나 삼학사는 맞아 죽어 가면서도 끝까지 절개를 잃지 않았습니다."

백동수가 가리켰다.

"청 태종은 삼학사를 죽였지만 그들의 높은 절개를 높이 샀습니다. 그래서 자신들의 백성들이 본받게 하기 위해 '삼한산두三韓山斗'라는 휘호를 내리고 저곳에 사당을 짓고 비석을 세우게 했지요."

세자가 바라보니 서문 앞에 사당과 비석이 서 있는 게 보였다. 백동수의 설명이 이어졌다.

"삼한은 본래부터 조선을 이르는 말입니다. 그리고 산두는 '태산북두'를 뜻하는 말로 조선에서 절개가 뛰어난 인물, 즉 삼학사를 칭송한 말이지요."

세자는 기가 찼다.

"말도 안 되는 짓을 했네요. 사람을 때려서 죽여 놓고서 절개를 칭송하다니요. 생각할수록 청 태종이란 자가 참으로 가증스럽군요."

총참모장이 상황을 설명했다.

"일국의 군주였습니다. 더구나 그때는 후금에서 국호를

청으로 바꾸고 대륙으로 진출하려는 상황이었습니다. 그런 청나라 황제에게 삼학사와 같은 충신이 필요한 건 너무도 당연합니다. 특히 유교를 신봉하는 한족들을 회유하기 위해서라도 삼학사의 충절을 앞세워야 할 필요가 있었고요."

세자도 동조했다.

"총참모장의 지적이 맞습니다. 불사이군의 충절은 어느 나라 군주에게나 필요한 법이지요. 그러나 우리 삼학사의 충절이 청나라의 국력 결집에 희생되었다는 사실이 안타깝네요."

"후! 그게 약소국 백성의 설움이지요."

세자가 다짐했다.

"두 번 다시 그런 일이 발생하지 않도록 해야 할 겁니다."

"맞습니다. 삼학사의 넋을 기리기 위해서라도 반드시 그렇게 되어야 합니다."

서문 주변은 의외로 많은 민가가 널려 있었다. 그런 민가는 포격에도 상당히 많이 건재했으며 다행히 사당도 깨끗했다.

세자가 말을 멈추었다.

"충신의 사당을 보고 그냥 지나칠 수는 없으니 향이라도 사르고 갑시다."

"준비하겠습니다."

세자가 말에서 내리자 모든 지휘관이 거기에 따랐다. 세자가 사당 앞에 서 있는 비석으로 다가갔다.

비석에는 백동수가 설명한 글이 있었다. 그런 비석의 뒷면에는 삼학사의 충절을 기리는 글이 비교적 사실적으로 적혀 있었다.

세자가 비석의 내용을 찬찬히 읽고는 사당으로 들어갔다. 사당에는 삼학사의 위패가 단출하게 모셔져 있었으며 향로가 놓여 있었다.

세자가 향을 사르고 고개를 숙였다. 그런 세자를 따라서 조선군 최고 지휘부가 일제히 고개를 숙였다.

묵념을 마친 세자가 위패를 둘러봤다.

"백 장관님."

"예, 저하."

"사당이 너무 작은 거 같습니다. 모진 고문과 학대를 당하면서도 끝까지 충절을 지키신 분들입니다. 이대로 초라하게 놔두는 건 후손의 도리가 아닙니다."

백동수가 즉각 알아들었다.

"알겠습니다. 세 분의 넋을 기리기 위해서라도 기존의 사당을 철거하고 신축하겠습니다."

"그렇게 해 주세요. 기왕이면 만주족 포로들을 활용하시고요. 그리고 비석과 위패의 나무는 본국에서 가져와 세운 뒤 대대적인 고유제를 지내 세 분의 넋을 위로해 드리세요."

"반드시 그렇게 조치하겠습니다."

지시를 마친 세자가 다시 말에 올랐다.

마지막 포격으로 서문 성루는 완전히 무너졌다. 그러나 성문만큼은 온전해 세자가 지나는 데 문제가 없었다.

성으로 들어서니 사방이 온통 무너지고 불에 탄 잔해가 널려 있었다. 그래도 사흘간의 정비로 도로만큼은 깨끗이 정리되어 있었다.

심양성은 계획도시로 도로가 일직선이었으며 도로의 끝에 심양 황궁이 있다. 세자가 도심을 가로지르면서 주변을 둘러보며 놀랐다.

"포격에도 살아남은 건물이 의외로 많네요."

"청국의 건물은 거의가 벽돌 건물입니다. 그래서 목조 부분은 불에 타거나 파괴되었지만, 벽돌로 지어진 벽면과 같은 부분은 상당히 남아 있습니다. 내성은 거의 피해가 없고요."

"예상은 했지만, 이 정도로 남아 있을 줄 몰랐네요. 만일 시가전이 벌어졌다면 상당한 피해를 당할 뻔했습니다. 참모부는 이런 상황을 감안해 다음 공략을 준비해야 할 거 같습니다."

총참모장이 대답했다.

"저하의 말씀대로 공성전에 대한 전략을 적극 수정하겠습니다."

"그러세요. 앞으로는 평정해야 하는 성의 규모가 갈수록 더 커질 겁니다."

"예, 저하."

얼마를 들어가니 이전과는 확연히 다른 광경이 펼쳐졌다.

백동수가 주변을 둘러보며 설명했다.

"여기서부터가 내성입니다. 보시는 것처럼 지금까지와는 확연히 다릅니다. 그래도 수시로 포격해서 피해가 전혀 없지는 않습니다."

"그러네요. 비교적 깨끗하네요."

"심리전에 따른 포격 결과입니다. 그리고 내성에는 황궁은 물론 관청과 고관대작의 저택이 많아 의외로 괜찮은 건물이 많이 남아 있습니다."

"음! 그렇군요."

세자 행렬이 드디어 황궁에 도착했다.

변경을 무너트려라!

황궁 정문에 현판이 붙어 있었다.

大淸門

현판은 만주어와 한자로 되어 있었으며, 그런 황궁 정문 앞에는 백여 명이 두 손으로 땅을 짚고 무릎을 꿇고 있었다. 극공의 예를 표하고 있는 이들은 모두 환관들이었다.

세자가 통역관을 대동하고 다가갔다.

"누가 책임자냐?"

늙은 환관 한 명이 몸을 일으켰다. 그리고 무릎걸음으로 다가와 두 손으로 땅을 짚었다.

"청국 배도의 황성 관리를 맡고 있는 환관 오유태가 조선국의 세자 저하를 뵙습니다."

세자가 눈을 빛냈다.

"저하라니, 우리 조선에 대해 잘 알고 있다는 의미로 들리는데, 맞는가?"

"소인이 조선에 대해 잘은 모르옵니다. 하오나 이곳 성경은 늘 조선 사신이 들르는 곳이어서, 그들에게서 주워들은 짧은 지식이 있을 뿐이옵니다."

"그렇구나."

세자가 말을 않고 그를 바라봤다.

몸을 한껏 낮추고 있던 늙은 환관이 이상한 느낌에 고개를 들었다. 그러다 세자와 눈이 마주치자 황급히 부복했다.

"황공하옵니다. 미천한 환관이 감히 저하께 죽을죄를 지었사옵니다."

세자가 혀를 찼다.

"쯧쯧! 나와 눈이 마주친 것이 죽을죄라니. 그대는 청국의 황자들과 한 번도 눈이 마주치지 않았는가?"

"환관이 어찌 감히 그런 일을 벌일 수 있단 말씀이옵니까? 지금까지 그런 경우는 한 번도 없었사옵니다."

"그러면 청국의 그 많은 황자와 친왕, 군왕을 어떻게 구분한다는 건가?"

"먼발치에서 그분들의 모습을 평생 익혀 왔사옵니다. 그

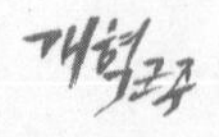

래서 옆에 계시기만 해도 누구신지 알게 되옵니다."

"그 정도로 환관 교육이 철저하다는 말이구나. 그런데 환관들은 대개 황자들과 가깝게 지내지 않나?"

"그러한 행동은 보필하기 위해서 그러는 것일 뿐입니다. 어찌 환관이 황실 어른들과 가깝게 지낼 수 있겠사옵니까?"

"그래도 가깝게 지내는 황자들과 세상 돌아가는 이야기도 하고는 하잖아?"

환관이 펄쩍 뛰었다.

"절대 그런 일은 없사옵니다. 만일 우리 같은 환관이 세상 일을 거론하면 그 즉시 참수되옵니다."

"그래?"

"예, 저하."

총참모장이 설명했다.

"청나라는 명나라가 환관의 발호 때문에 망했다고 생각합니다. 그런 청나라는 북경에 입성하자마자 철로 비석을 세워 환관들의 정치 참여를 경계하고 있습니다. 청나라의 환관들은 반드시 철비에 새겨진 경고문을 암송한다고 합니다."

"그렇군요."

고개를 끄덕이던 세자가 환관을 바라봤다. 그 눈길에 늙은 환관은 바로 몸을 숙였다.

세자가 질문했다.

"그대들은 환관이다. 환관도 관리이니만큼 청나라에 대한 충절이 있겠지?"

환관이 몸을 부르르 떨었다. 그는 바로 답을 못하고 머뭇거리다 조심스럽게 입을 열었다.

"소인들은 오로지 황실의 안녕을 위해 존재하는 자들입니다. 그래서 황궁의 부속물이며 도구에 불과한 존재로 길러져 왔사옵니다."

세자가 눈을 빛냈다.

"그 말은 어떤 황실이어도 충성할 수 있다는 말인가?"

늙은 환관이 목소리가 떨렸다.

"환관인 소인들에게는 선택권이 없습니다. 오직 쓰임이 있으면 사용되었으며, 그러지 않으면 그저 스러져 갈 뿐입니다."

"청국의 환관도 나름대로 체계가 있다고 하던데, 아닌가?"

"그렇기는 하옵니다. 그러나 그런 체계도 소인들에게만 필요할 뿐입니다."

세자가 재차 확인했다.

"그대의 말이 모두의 뜻과 같은 것인가?"

늙은 환관이 주저 없이 대답했다.

"그러하옵니다."

이어서 모든 환관이 소리쳤다.

"소인들은 모두 오 태감과 함께할 것이옵니다!"

총참모장이 슬쩍 조언했다.

"이미 문제가 되는 자들은 전부 추려 냈사옵니다."

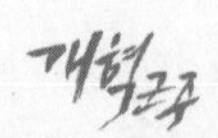

"잘했습니다."

세자가 결정했다.

"좋다. 그대들에 대한 처분은 차차 생각해 보기로 하자. 우선 황궁을 안내해 주었으면 하는데, 할 수 있겠는가?"

늙은 환관이 일어나 큰절을 했다.

"소인들에게 기회를 주셔서 감읍하옵니다. 저하께서 어떤 결정을 하시든지 소인들은 거기에 무조건 따르겠사옵니다. 하온데 청이 하나 있사옵니다."

"말하라."

"황궁을 안내하기 위해서는 동료들의 도움을 받아야 합니다. 그러니 저들이 먼저 가서 준비하도록 윤허하여 주시옵소서."

세자가 백동수를 바라봤다.

"황성에는 우리 병력이 포진되어 있사옵니다."

세자가 늙은 환관을 바라봤다.

"그대의 청을 받아들이겠다."

"황감하옵니다."

늙은 환관이 사은하고 몸을 돌렸다.

"세자 저하의 명이 떨어졌다. 모두 각자의 위치로 돌아가 대기하라."

"예, 태감!"

대답을 마친 환관들이 동시에 일어났다. 그리고 세자를 보고 길게 읍을 하고는 종종걸음으로 황성으로 들어갔다.

늙은 환관이 몸을 돌렸다.

"저하! 소인이 모시겠사옵니다."

"부탁하네."

늙은 환관이 뒤를 보고 소리쳤다.

"대조선국의 세자 저하께서 입궁하신다! 황성의 정문을 활짝 열도록 하라!"

환관 특유의 목소리가 사방에 짱짱하게 울렸다. 그 소리를 듣는 순간 세자는 몸에 전율이 흘렀다.

둥! 둥! 둥! 둥!

안으로 들어간 청국 환관이 북을 쳤다. 그 소리에 맞춰 황성의 정문이 활짝 열렸다.

"들어가시지요, 저하."

세자가 백동수와 지휘부를 돌아봤다.

"모두 함께 들어갑시다."

"예, 저하."

세자가 성큼 발을 내디뎠다.

심양 황궁의 정문의 문은 모두 세 개다. 그리고 그 옆에 두 개의 쪽문이 있어 환관과 궁녀가 이용하게 했다. 이날 이 다섯 개의 문이 모두 열렸다.

정문을 지키던 무관이 군례를 올렸다.

"충! 어서 오십시오, 저하."

"고생이 많아요."

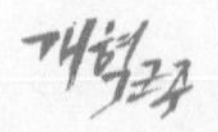

"아닙니다. 황성을 지키게 되어 영광입니다."

세자가 무관의 어깨를 몇 번 두드려 주고는 문을 넘었다. 그것을 본 지휘관들이 문무관으로 나뉘어 좌우 문으로 들어갔다.

정문을 들어선 세자는 광장이 의외로 좁은 것에 놀랐다. 늙은 환관이 급히 설명했다.

"심양의 황궁은 세 부분으로 되어 있사옵니다. 우측의 동로는 청의 태조 때 지어진 것으로 십왕각과 병사들을 사열할 수 있는 광장과 중앙에 대정전大政殿이 자리하옵니다. 그리고 저하께서 들어오신 이곳은 중로로 태종께서 건립하신 부분입니다. 그리고 좌측은 서로로 강희 황제와 건륭 황제 시기에 지어진 부분이지요."

"그렇구려. 그래서 중앙 광장이 의외로 좁은 것이었구나."

"예, 저하. 정면에 보시는 전각이 황궁의 정전으로 숭정전崇政殿이옵니다."

세자가 걸음을 옮겼다. 그러자 늙은 환관은 세자의 걸음에 맞춰 계속해서 설명을 이어 나갔다.

세자가 숭정전에 도착하자 대기하고 있던 환관이 문을 활짝 열었다. 그렇게 문을 연 환관은 최대한 몸을 낮추며 부복했다.

세자가 숭정전을 둘러보고서 이동했다.

모든 전각은 조선군이 경비를 서고 있었다. 그런 병력의 옆에는 청국 환관이 대기하고 있다가 세자의 움직임에 맞춰 행동했다.

세자가 숭정전 뒤편으로 다가갔다.

"저기 보이는 누각이 봉황루입니다. 봉황루부터는 내전으로 여러 전각이 들어서 있습니다."

세자가 높은 계단을 올랐다. 그런 세자의 시야에 전소된 전각이 들어왔다.

늙은 환관이 설명했다.

"이번에 전소된 전각인 청녕궁입니다. 이 일대는 태종께서 친왕이실 때의 왕부였습니다. 그러다 등극하시면서 궁성을 확장하실 때 청녕궁을 건립하셨지요."

"청나라 태종이 건립한 전각이란 말이구나."

"그렇사옵니다."

"청나라 태종이 우리 조선을 침략했던 사실을 환관은 아시는가?"

"……예, 저하."

세자가 의미를 부여했다.

"우리는 일부러 저곳을 노리지는 않았다. 그럼에도 정확히 저 전각이 포격으로 전소되었다는 건 의미하는 바가 큰 거 같구나."

백동수가 동조했다.

"병자호란 당시 억울하게 돌아가신 조상들께서 기뻐하실

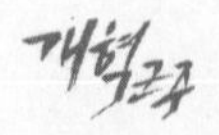

것이옵니다."

세자도 동조했다.

"맞아요. 이렇게 해서라도 그분들의 원한을 조금이나마 덜었으면 좋겠네요."

두 사람의 대화가 통역되지는 않았다. 그럼에도 눈치가 빠른 늙은 환관은 자신이 잘못을 저지른 사람처럼 몸을 숙이며 어쩔 줄 몰라 했다.

세자가 그를 격려했다.

"너무 그렇게 하지 않아도 되오. 모든 잘못은 청국 황실이 지은 것이지 않소."

"감읍하옵니다."

세자는 찬찬히 황궁을 둘러봤다.

그렇게 모든 황궁을 둘러본 세자가 지시했다.

"문조각文溯閣에 보관된 《사고전서》 전부와 숭모각崇慕閣에 보관된 청국의 실록과 청국 황제의 성훈聖訓, 그리고 각종 사서 1만여 권 전부를 한양으로 후송하라."

《사고전서四庫全書》는 청나라 건륭 황제 당시 편찬하고 완성된 총서다. 이런 《사고전서》는 대륙 전역에서 모은 서적과 황실 보관 서적, 그리고 명나라 영락대전에 수록된 서적을 모조리 모았다.

그렇게 해서 모은 서적은 13,500종이 넘었으며, 이를 수천 명의 학자가 10년 넘게 정리해서 만들었다.

그렇게 해서 만든 총서는 처음에는 4질이었다. 그러다 다시 3질을 더 편찬해 총 7질이 되었다.

이런 《사고전서》는 대륙 곳곳에 보관되었으며, 그중 1질이 심양 황성의 문 조각에 있었다. 이중 자금성의 문연각文淵閣에 보관된 《사고전서》가 정본이다.

국왕은 누구보다 학문을 사랑했다.

국왕은 《사고전서》가 만들어졌다는 소식에 사신까지 파견해 1질을 얻고자 했다. 그러나 아무리 노력을 한다 해도 청나라가 국가 대업으로 편찬한 《사고전서》를 얻을 수가 없었다.

어쩔 수 없이 국왕은 사신이 연행할 때마다 필요한 부분을 필사하게 하며 갈증을 해소해 왔다. 이런 국왕에게 세자가 전리품으로 《사고전서》를 바치려고 한 것이다.

백동수가 즉각 찬성했다.

"주상 전하께 최고의 전리품이 될 것이옵니다."

총참모장도 거들었다.

"그렇사옵니다. 군사이신 전하께서는 그 어떤 보물보다 《사고전서》를 보시면 더없이 기뻐하실 것이옵니다."

"예. 그러니 두 분께서는 특별히 병력을 편성해서 서적을 운송하도록 조치하세요."

"그렇게 하겠사옵니다."

황성을 나온 세자가 성경장군부로 들어갔다. 그렇게 장군부에 들어간 세자는 전후 처리를 시작했다.

"성경장군을 데리고 오세요."

이때부터 주요 인물의 문초가 시작되었다. 그러나 그들 대부분이 유고된 상황이어서 문초는 의외로 쉽게 끝났다.

세자가 지시했다.

"만주 두 지역과 요양과 심양의 주요 인물들을 모조리 본국으로 압송하세요. 그리고 도로 공사에 투입되지 않은 포로들은 주요 지역의 재건에 전부 투입하세요."

"예, 저하!"

"그리고 포로들을 추려 청국이 만주 지역에 설치한 변경을 전부 제거하도록 하세요."

백동수가 깜짝 놀랐다.

"저하! 우리는 아직 요동도 완전히 수습하지 못한 상황입니다. 그런데 벌써부터 변경을 없애라는 건 시기상조가 아닌지요?"

세자가 고개를 저었다.

"그렇지 않아요. 유조변장은 청나라 북방정책의 기준이나 다름없어요. 그런 변장이 요동과 만주를 가르면서 교류를 막아 온 시절이 200여 년입니다. 그런 경계를 우리가 허물면서 새로운 세상이 도래했음을 세상에 알리려는 거예요."

"의미는 좋사옵니다. 그러나 변경이 없어지면 한족이 대거 북방으로 이주할 우려가 있사옵니다."

"그 부분은 크게 걱정하지 않아도 돼요. 모두 아시다시피 청나라의 변경 정책은 한족의 북방 이주를 철저하게 막아 왔어요. 그 바람에 변경 북부인 만주와 몽골 지역에는 한족이 거의 살지 않고 있고요. 그리고 이곳도 요동반도와 요양 주변을 제외하면 요서 지역은 거의 회랑처럼 해안 지역에만 한족이 거주하고 있는 상황이에요."

총참모장이 고개를 갸웃했다.

"혹시 저하께서는 한족 이주를 더 압박하실 계획입니까?"

세자가 크게 놀랐다.

"오! 역시 참모장입니다. 설명을 많이 하지 않았는데도 내 생각을 쉽게 알아챘네요."

백동수가 더 궁금해했다.

"그게 무슨 말씀이신지 소장은……."

세자가 설명했다.

"만주족은 겨우 이백만여의 인구로 대륙을 통일했습니다. 몽골도 그 정도에 불과하고요. 그래서 만주족은 몽골 부족과의 적극적인 통혼 정책을 펼치면서 세력을 넓혀 왔지요. 그 일환으로 변경을 설치해 한족의 이주를 막아 왔고요. 그러나 우리 조선의 인구가 얼마입니까?"

"이천만 정도인 것으로 알고 있습니다."

"금년이 지나면 그보다 많아질 겁니다. 모두 알고 있다시피 우리의 위생 정책이 대성공을 거두면서 인구가 급격히 늘어나고 있습니다. 이런 우리가 변경을 유지할 필요는 없습니다."

"하오나 어느 정도는 한족의 이주를 경계해야……."

세자가 손을 들었다.

"예. 당연히 경계해야지요. 그것도 우리 민족이 북방에 적어도 천만 이상이 거주할 때까지는 한족의 이주를 막을 거예요."

세자가 고개를 돌렸다. 그런 세자의 시선이 멈춘 곳에는 대형 지도가 걸려 있었다.

"저기 저 지도에 그려진 장성이 보이실 겁니다."

백동수가 깜짝 놀랐다.

"저하! 저하께서는 만리장성을 경계로 삼으시려는 것이옵니까?"

"그래요. 만리장성은 본래 북방 이민족의 침략을 막는 방도로 건설되었습니다. 나는 이런 만리장성을 거꾸로 활용해 한족의 북방 진출을 막는 경계선으로 삼을 생각입니다. 그러니 청나라가 만든 유조변장은 전부 무너트려도 아무 문제가 되지 않습니다."

백동수가 감탄했다.

"아! 놀랍습니다. 대단한 발상의 전환입니다. 지금까지 만리장성을 그런 식으로 활용한 경우는 한 번도 없었습니다."

"그 모두가 우리의 인구가 만주족보다 월등하기 때문에 가능한 일이지요."

세자가 차로 목을 축였다.

"대업이 끝나면 요동과 요서로 우리 민족을 대거 이주시킬 겁니다. 그렇게 우리 민족을 이주시켜서 경제권을 단번에 장악할 계획입니다. 몽골도 마찬가지이고요."

총참모장이 놀랐다.

"경제권을 먼저 장악한단 말입니까?"

"그래요. 그동안 많은 북방 왕조가 대륙을 장악했어요. 그런 북방 왕조는 청나라를 제외하면 수명이 짧았지요. 그렇게 된 까닭은 한족을 차별하면서 정치로 문제를 풀려 했기 때문이에요. 더구나 우리는 대륙 왕조에 신속해 왔던 터여서 다른 접근 방법이 필요합니다."

백동수가 심각한 표정을 지었다.

"청나라가 만한병용 정책으로 한족을 반발을 잠재웠습니다. 그런데 그들이 장악한 경제권을 우리가 빼앗는다면 크게 반발하지 않겠습니까?"

"강제로 빼앗는다면 당연히 반발하겠지요. 북벌이 완성되면 우리도 한족을 차별 없이 등용할 계획입니다. 이 점은 백장관도 아시잖아요? 물론 그들이 등용되려면 우리말과 글을 해야겠지요."

"그 점은 소장도 알고 있습니다."

"우리는 앞선 기술력과 자본으로 경제권을 장악할 겁니다. 그러고는 지역 민심을 위해 적절한 경제 정책을 시행해 바닥 민심을 얻을 것이고요."

"경제를 발전시켜 민심을 얻겠다는 말씀이군요."

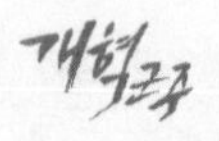

"그래요. 그래야 청나라와 우리가 다르다는 점이 확실히 부각될 겁니다. 그렇게 원주민을 복종시켜야만 진정한 굴복을 얻어 낼 수 있어요."

"곳간에서 인심 나도록 만들자는 말씀이군요."

"그래요. 우리가 요동 요서까지 진출하면 한족 세력은 절로 위축되겠지요. 그러면서 부호나 유력자들은 대거 장성 안으로 이주할 것이고요. 그런 빈자리를 우리가 차지해 강력한 경제 발전 정책을 시행한다면 큰 성과를 거둘 수 있을 거예요."

모두의 고개가 끄덕여졌다.

세자가 결정했다.

"심양이 안정되었으니 기병은 여세를 몰아 북방으로 진출하세요. 그리고 장악한 만주 지역은 연해의 동명에서 들어오는 병력에게 관리를 넘기도록 하세요."

기병사령관이 즉각 고개를 숙였다.

"그렇게 조치하겠습니다."

"2군은 지금 어디까지 진출해 있지요?"

총참모장이 지도를 보고 보고했다.

"요동반도가 거의 무주공산이었다고 합니다. 그래서 계획보다 진격 속도가 빨라, 지금 개평蓋平을 공략하고 있는 중입니다."

개평은 본래 개주로, 요하 하구 영구營口항과 접한 전략 요충지였다. 세자가 지도를 보며 흡족해했다.

"개주를 평정하면 영구를 확보할 수 있겠군요."

"그렇사옵니다. 개주를 평정하면 영구 항구를 확보하게 됩니다. 그리되면 본토로부터의 해상 보급이 가능해집니다."

"잘되었습니다. 보급은 승리의 필수 요건이니만큼 총참모부가 특별히 신경을 써 주세요."

"명심하겠습니다."

"요동의 다른 지역은 문제가 없나요?"

"요양이 평정되면서 주변의 크고 작은 오십여 개의 성을 고스란히 접수했습니다. 다행히 요동반도를 평정하고 있는 2군도 별다른 병력 손실 없이 개평까지 올라와 있습니다."

"좋습니다. 오늘부터 사흘 동안 충분히 휴식을 취합니다. 그러고는 기병과 보병이 함께 기동해 2군과 합류한 뒤 요하를 건넙니다. 그렇게 요하를 건너고 나서 기병은 북방으로, 보병은 요하로 진출합시다."

1군 사령관이 우려했다.

"저하! 요하에는 금주와 영원성이 버티고 있습니다. 두 성은 요양과 심양보다 훨씬 성세가 강합니다. 그런 성을 공략하는 데 기병을 빼는 건 문제가 되지 않겠습니까?"

세자가 총참모장을 바라봤다.

시선을 받은 총참모장이 나섰다.

"1, 2군이 통합되면 이십만이나 됩니다. 만일에 대비해 수군의 삼만 해병대 병력이 대기하고 있어서 요서 공략에는 문제가 없을 겁니다."

세자가 설명했다.

"이전에도 말씀드렸지만, 앞으로의 공성전은 지금까지와는 전혀 다릅니다. 이전에는 적당한 포격을 진행한 뒤 보병이 각종 공성 무기를 앞세워 성벽을 넘었습니다. 그러면서 수많은 병력 손실을 감당해야 했고요. 그러나 지금은 그러지 않습니다. 우리가 보유한 최강의 포병 화력으로 인해 성벽은 그저 장애물에 지나지 않게 되었습니다. 그런 사정을 지금까지의 공략에서 확인했고요."

모두가 크게 고개를 끄덕였다.

"우리가 보유한 병력이면 충분히 요서를 평정하고도 남습니다. 그러니 병력 문제는 더 이상 걱정하지 않아도 됩니다."

1군 사령관이 고개를 숙였다.

"송구합니다. 소장이 공연한 노파심으로 저하의 심기를 어지럽혔습니다."

"아닙니다. 최고 지휘관이라면 당연히 여러 경우의수를 생각해야 합니다. 다행인 점은 요동도 그랬지만 요서의 성들도 병력 충원이 거의 이뤄지지 않고 있다는 겁니다."

총참모장이 부언했다.

"맞습니다. 저희가 파악한 정보에 따르면 북경에서의 움직임은 전혀 없습니다. 그리고 이번에 파악한 바에 따르면 요동 지역의 피난민들이 요서로 쏟아져 들어가고 있다고 합니다. 이런 부분도 우리의 공략에 큰 도움이 될 것입니다."

세자가 지도를 바라봤다.

"청나라가 몽골과 만주를 보호하기 위해 봉금령 지역을 너무 크게 만들었어요. 그로 인해 요서의 넓은 지역은 대부분 봉금령이 되면서 해안 지역에만 한족이 살게 되었고요."

"청국에서는 감숙의 하서회랑에 빗대어 요서회랑이란 말을 쓴다고 합니다."

"맞아요. 요하를 건너면 거의 회랑처럼 유조변장이 설치되어 있지요. 그러한 상황이 장차 우리에게는 더없이 좋은 결과로 나타날 거예요."

백동수가 문제를 제기했다.

"요서의 유조변장도 바로 제거에 들어가옵니까?"

세자가 웃으며 고개를 저었다.

"아닙니다. 요하를 기준으로 요동과 만주의 변장만 우선 제거합니다. 그리고 요서를 평정하고 난 후에 나머지 변장을 제거할 겁니다."

"아! 그렇다면 문제가 없겠습니다."

세자가 정리했다.

"사흘은 의외로 짧습니다. 그러니 서둘러 심양 정리를 마무리하세요. 그래야 장병들을 푹 쉬게 할 수 있지 않겠어요?"

"알겠습니다. 서둘러 정리를 마치고 장병들에게 최대한 휴식을 주겠습니다."

지휘관들이 서둘러 전각을 빠져나갔다.

사흘의 휴식이 주어졌다.

아직 보병끼리 전면전이 펼쳐진 적은 없었다. 그만큼 조선군의 진군이 전격적이기는 했다.

그러나 전투에서 어떤 변수가 돌출될지 누구도 모른다. 그래서 참여하는 장병들은 늘 가슴을 졸이며 참전하기 마련이다.

이런 장병들에게 사흘의 휴식은 꿀맛이었다. 그러나 지휘부는 그 시간을 금처럼 보내고 있었다.

세자도 다른 지휘부와 마찬가지로 작전 회의에 계속 참여했다. 그런 와중에도 수시로 황궁에 들러 《사고전서》와 각종 서적 수송을 확인했다.

이런 심양에 낭보가 들려왔다.

다음 권으로 이어집니다